HINÜBERGEHEN, LEICHT GEMACHT

Buch I

DIE EASTWIND-HEXEN
BUCH I

NOVA NELSON

Kapitel Eins

Die Scheibenwischer schwirrten hektisch, als zahllose Regentropfen durch die Strahlen meiner LED-Scheinwerfer schossen. Ich hatte den neuen BMW M4 gekauft, weil er sich in Tests unter solchen Bedingungen gut auf der Straße bewährt hatte, aber vor allem aus einem Grund: warum nicht einen BMW kaufen? Ich wollte schon immer einen haben, und endlich konnte ich mir einen leisten. Es war ja nicht so, dass ich Kinder hatte, für die ich mein Geld ausgeben konnte.

Oder Haustiere.

Oder Freunde.

(Traurig, ich weiß.)

Aber nicht einmal meine aufgerüsteten Scheinwerfer konnten die lange Fahrt von New Orleans nach Austin sicher machen, selbst bei trockenen Bedingungen.

So langsam auf der I-10 zu fahren, musste illegal sein. Jeden Moment würde irgendein blöder Sattelschlepper aus dem Nichts hinter mir auftauchen. Der Lkw-Fahrer würde nicht damit rechnen, dass ein Auto mit gemächlichen 35 Meilen pro Stunde dahinkriecht, und dann ...

Das wäre das Ende von Nora Ashcroft. Mein Leben würde ein schnelles, grausames Ende finden.

Das würde ich nicht zulassen. Ich hatte hart gearbeitet. Etwas aus dem Nichts aufgebaut. Ich habe mir die Kochschule selbst finanziert, einen MBA erworben, eines der angesagtesten Gourmet-Restaurants in Austin eröffnet und, um dem Ganzen das Sahnehäubchen aufzusetzen, letzten Monat den Rest meines Studienkredits abbezahlt. Ich hatte es nicht nur verdient zu leben, ich hatte auch eine verdammte Medaille verdient.

Doch wenn ich darüber nachdachte, wäre es fast typisch für mein Glück, auf dieser Reise zu sterben. Endlich frei von den Fesseln der Schulden und Boom! Mein Blut färbt die Straße rot.

Ich hoffe, Sie vergeben mir, wenn Ihnen das ein bisschen schwarzmalerisch vorkommt. Hinter der glänzenden Fassade des geschäftlichen Erfolgs war mein Leben ziemlich düster. Zumindest war es das von dem Moment an gewesen, als ich die niederschmetternde Nachricht über meine Eltern erhalten hatte, als ich erst elf Jahre alt war.

Es sollte sich jedoch alles ändern.

„Dumm, dumm, dumm!", schalt ich mich. „Ich hätte einfach bis morgen in New Orleans bleiben sollen!"

Aber ich wusste, dass ich das nicht konnte.

Ich hatte meinen Manchmal-Mann Neil besucht. Er war aus mehreren Gründen mein Manchmal-Mann. Erstens lebte er acht Stunden entfernt in New Orleans. Ich hatte genug Geld, um jedes Wochenende dorthin zu fliegen, um ihn zu sehen, wenn ich wollte, aber ich hatte Flugangst.

Oh ja, *diese* irrationale Angst.

Ich war einer dieser Deppen, die sagen: „Ich fürchte mich davor, dass mein Flugzeug abstürzt!" Aber ich steige in ein Auto und fahre acht Stunden lang durch Dunkelheit und strömenden Regen, während Lkw-Fahrer, die es dank des Wunders von Meth schaffen, die Augen offenzuhalten, mit coolen100 Meilen pro Stunde an mir vorbeizischen.

Ja, das ist *so* viel sicherer!

Aber Angst ergibt selten wirklich einen Sinn.

Der zweite Grund, warum Neil mein Manchmal-Mann war, war, dass ich ihn nur *manchmal* ertragen konnte.

So toll fand ich Neil nicht. Er war reich, schön und hatte eine Menge anderer reicher und schöner Freunde, aber manchmal tat oder sagte er Dinge, die mich fragen ließen, ob er eine Seele hatte.

Dann spendete er eine Million Dollar für wohltätige Zwecke, und ich vergaß in der Regel den letzten Ausrutscher, weil Menschen ohne Seele nicht so viel für den Kampf gegen Krebs oder den Wiederaufbau von durch einen Hurrikan beschädigten Häusern spenden würden, oder?

Aber früher an diesem Abend hatte er das Fass endgültig zum Überlaufen gebracht. Ich war schon ein bisschen nervös gewesen wegen der Voodoo-Frau, an der wir in der Bourbon Street vorbeigekommen waren, und wegen dem, was sie zu mir gesagt hatte – ich werde gleich darauf zurückkommen, keine Sorge –, also konnte ich ihn und seine plötzlichen Arschloch-Anfälle nicht ertragen. Außerdem hatte er ihn gegenüber einer Person bekommen, deren Misshandlung ich unter keinen Umständen dulden würde: unserem Kellner.

Es gibt einen besonderen Ort in der Hölle für Menschen, die Servicepersonal in Restaurants schlecht behandeln. Ich habe von dem Moment an bedient, seit mich eine kleine Taqueria angestellt hatte, als ich vierzehn war (okay, dreizehn und eine überzeugende Lügnerin), bis zu dem Tag, als ich vor fünf Jahren, als ich siebenundzwanzig wurde, endlich das Chez Cœur eröffnet hatte. Vierzehn Jahre lang. Ja, es gab sogar Tage, an denen ich ein paar Tische im Chez Cœur bediente, damit ich nicht vergaß, womit die Kellner sich herumschlagen mussten.

Außerdem war es ein bisschen aufregend, in meinem eigenen Restaurant Tische zu bedienen. Es fühlte sich an, als würde ich verdeckt arbeiten. Niemand glaubte jemals, dass die große, zweiunddreißigjährige Frau mit dem mädchenhaften Gesicht die Besitzerin war (ist immer noch ein ziemlicher Männerclub, die Restaurantbranche). Wenn ein Gast unhöflich zu mir war, sagte ich ihm oder ihr, er solle gehen. Wenn der- oder diejenige nach dem Manager fragte, rief ich den Restaurantmanager, der an diesem Abend Dienst hatte. Wenn der Manager sie dann aufforderte zu gehen und der Gast darum bat, mit dem Eigentümer zu sprechen – Bam! – dann war ich da, zu ihren Diensten.

Die verblüfften Reaktionen, die ich darauf bekam, waren die schlechte Behandlung und noch mehr wert. Einmal applaudierten sogar einige Tische in der Nähe, während ich das unhöfliche junge Paar zur Tür begleitete.

Doch Neil war ein Trustfund-Baby. Nichts gegen Treuhandfonds – es wäre schön gewesen, wenn meine Eltern etwas gespart hätten, obwohl wohl niemand *plant*, mit Mitte dreißig ermordet zu werden. Aber Neil hatte nie einen richtigen Job gehabt. Er verstand nicht, wie es war, den ganzen Tag in rutschfesten Schuhen auf den Beinen zu sein, oder wenn sich die Knie anfühlten, als würden Knochen auf Knochen reiben, und der untere Rücken ständig schmerzte. Er hatte den permanenten Druck, es einem Fremden nach dem anderen recht zu machen, nie überleben müssen, nie alles richtig machen müssen, egal, ob es sein Fehler war oder der Gast einfach einen schlechten Tag hatte oder etwas anderes bestellt hatte, als er glaubte, bestellt zu haben. Neil hatte noch nie um vier Uhr morgens ein Restaurant abgeschlossen, war nach Hause geeilt, hatte sich mit den Füßen auf dem Kopfteil auf sein Bett fallen lassen, um seinen geschwollenen Knöcheln und Knien eine Auszeit zu gönnen, und dann drei Stunden lang wie ein Toter geschlafen, bevor er aufgewacht war, um das Restaurant für den nächsten Tag zu öffnen. Er wusste nichts über das Arbeiten von Doppelschichten. Er wusste nichts von den gruseligen Männern, die Kellnerinnen zu ihren Autos folgen. Er wusste nicht, dass, ja, ein Gast vielleicht etwas Einfaches und Unkompliziertes bestellt hatte, doch wenn dieser Kellner zwei weitere Zehnertische in seinem Bereich hatte, eine einfache Bestellung am leichtesten zu übersehen war.

Und genau das war die Situation, die sich an diesem Abend bei unserem Abendessen abspielte. Sicherlich war es der Fehler der Kellnerin, aber sie war eindeutig in der Klemme mit zwei riesigen Gruppen, bei denen die Gäste praktisch Reise nach Jerusalem spielten. Ich beobachtete die Situation von der Ruhe unseres Zweiertisches aus und wusste bereits, dass die Wahrscheinlichkeit groß war, dass es eine Weile dauern würde, bis unsere Bestellung kommen würde. Das arme Mädchen könnte eine bis dreißig Xanax-Pillen gebrauchen.

Als sie unsere Hauptgerichte brachte und nur Neils mit Parmesan gerösteten Rosenkohl vergaß, war ich tatsächlich beeindruckt. Ich hätte gedacht, dass sie die Bestellung noch *viel* schlimmer vermasseln würde.

Neil war jedoch nicht beeindruckt. Er beschimpfte sie. Fragte sie, ob seine einfache Bestellung zu viel sei, um sich daran zu erinnern. Er schlug ihr vor, es das nächste Mal auf einen Notizblock zu schreiben. Dann sagte er, noch besser wäre es, in einem Imbiss zu arbeiten, wo alle Speisen gleich aussahen und niemand sehen würde, wenn sie jemandem das Falsche gab.

Die Sache mit dem Imbiss hat mich irritiert, aber sie hat mich auch aus dem anhaltenden Zustand des Gedächtnisverlusts gerissen, der mein Interesse an ihm aufrechterhalten hatte. Während mir der Duft von Foie Gras in die Nase stieg, wurde mir klar, dass ich nicht mit jemandem zusammen sein konnte, der gelegentliches fettiges Imbissessen nicht schätzte.

Nicht einmal als mein Manchmal-Mann.

Wie sich herausstellte, war Neil der absolut Schlimmste.

Und wenn man bedachte, dass die Voodoo-Frau meinen Tod in den nächsten vierundzwanzig Stunden vorausgesagt hatte (ich habe es ihr nicht abgenommen, aber es war eine gute Motivation), wäre ich ein totaler Idiot gewesen, wenn ich meine verbleibende Zeit auf der Erde mit diesem Arsch verbracht hätte.

Ich stand abrupt auf, meine Stuhlbeine kreischten über den Marmorboden. Neil hielt mitten in seiner Schimpftirade inne, und sowohl er als auch die Kellnerin Jenny (ich habe mir ihren Namen gemerkt, weil sie nunmal ein Mensch ist) starrten mich mit offenen Mündern an.

„Neil. Du bist scheiße, wenn es darum geht, ein Mensch zu sein", sagte ich, bevor ich mich zurückhalten konnte. „Um ehrlich zu sein, frage ich mich langsam, ob du nicht vielleicht ein Soziopath bist. Ich muss unglaublich einsam sein, dass ich Zeit mit dir verbringe." Ich nahm meinen knielangen anthrazitgrauen Mantel von der Stuhllehne und zog ihn über mein weißes Top mit U-Boot-Ausschnitt und meine schwarze Hose. „Oh, und bevor ich es vergesse, du bist ein *schrecklicher* Golfer."

Ich wusste nichts über Golf, aber ich wusste, dass ich ihn damit dort traf, wo es wehtat.

Ich nahm alles Bargeld, das ich bei mir hatte, aus meinem Geldbeutel. Leider hatte ich mich zu dieser großen Geste entschlossen, *bevor* mir klar geworden war, dass sich mindestens fünf Hundertdollarscheine im Stapel befanden. Aber jetzt gab es kein Zurück mehr, vor allem nicht, während Neil mich so verächtlich anstarrte.

Ich hielt das Geld unserer Kellnerin entgegen. „Jenny, das

ist für Sie, denn ich weiß, dass er kein gutes Trinkgeld geben wird, und Gott weiß, dass Sie an einem Ort wie diesem genug ertragen müssen." Mit jedem Moment, der verging, verlor ich die Lust an Haute Cuisine, was für mich als Besitzerin eines Gourmetrestaurants natürlich problematisch war.

Sie nahm das Geld, und ich ging. Ich ging direkt hinaus und hatte das Gefühl, als wäre ein Schalter umgelegt worden, als ob meine Prioritäten, die lange geschlafen hatten, gerade wieder erwacht wären.

Es war ein Neuanfang.

Ich wusste nicht, wie wahr und unwahr das zugleich war.

Eine laute Hupe riss mich aus meinen Erinnerungen, und ich richtete meine Aufmerksamkeit wieder auf die rutschige Straße. Vor mir blinkten Lichter. Blau und rot. Polizei. Und einige weniger helle orangefarbene. Was war los?

Ich begrüßte den Vorwand, noch langsamer zu fahren, je näher ich kam.

Der Wind begann seitwärts zu wehen, und Regenschwaden zogen vor meinen Scheinwerfern wie Erscheinungen in der Nacht.

Erscheinungen. Die Voodoo-Frau hatte davon gesprochen. Sie sagte, sie wären mein ganzes Leben um mich herum gewesen. Ein Teil von mir wusste, dass das stimmte. Ich lebte allein, seit meine Tante, die mich nach dem Tod meiner Eltern zu sich genommen hatte, vor vierzehn Jahren gestorben war. Ich hatte nie einen Mitbewohner und nie Zeit für ein Haustier gehabt (obwohl ich mir eines gewünscht hätte), aber ich hatte immer die Anwesenheit von etwas anderem um mich herum gespürt. Vielleicht mehr als ein Etwas. Es hatte Nächte gegeben, in denen ich hätte schwören können, dass ich etwas Helles und Nebeliges in der Ecke eines Zimmers auftauchen und dann wieder verschwinden gesehen hatte, oder eine dunkle Gestalt, die durch eine Tür verschwunden war.

Aber ich konnte nie viel mit diesen Gefühlen, diesen Ahnungen, anfangen. Ich hatte keine Zeit dafür, und außerdem lebte ich allein. Die Vorstellung zu akzeptieren, dass es in meiner Wohnung spuken könnte, war zu beängstigend, um darüber nachzudenken. Und meine Arbeit erforderte so viel Aufmerksamkeit, wie ich ihr geben konnte.

Oh ja, und es bestand immer die Möglichkeit, dass es in meiner Familie psychische Erkrankungen gab. Meine Tante hatte das angedeutet. (Sie war keine angenehme Frau gewesen, daher kann ich nicht sagen, dass ich besonders traurig war, als sie starb.)

Wenn die Optionen also waren, entweder Geister zu sehen oder an einer erblichen Geisteskrankheit zu leiden, neigt man dazu, ganz auf eine Wahl zu verzichten.

Was kann ich sagen? Verdrängung war schon immer eine meiner Stärken.

Der Straßensperre nach zu urteilen war die I-10 gesperrt und wurde nach Norden umgeleitet. Ich war erst ein paar Minuten zuvor am Wegweiser nach Beaumont vorbeigekommen, sodass ich zumindest eine *grobe* Vorstellung davon hatte, wo ich war.

Aber wessen geniale Idee war es, einen großen Highway umzuleiten?

Nun, es war schließlich mitten in der verdammten Nacht. Nicht gerade Hauptverkehrszeit. Wenn es nötig war, war das eine gute Zeit.

Die orangefarbenen Umleitungsschilder waren im strömenden Regen kaum zu erkennen, also bog ich nach Norden ab und gab meinem Handy den Sprachbefehl „Bring mich nach Hause".

„Okay", antwortete meine treueste Freundin. (Traurig, aber wahr.) *„Ich bringe dich nach Hause. Du wirst um sieben Uhr zweiundvierzig zu Hause ankommen."*

„Danke, Google", sagte ich, bevor mir klar wurde, dass ich mich gerade bei einem Gerät bedankt hatte.

Ich dachte ernsthaft darüber nach zu fragen: „Okay, Google, wie finde ich Freunde?" Ich wollte mich aber nicht vor der Technologie blamieren.

Auf der Landstraße ließ ich es langsam angehen. Ich würde dieser Voodoo-Frau zeigen, wer der Boss war. Ich würde mich nicht „vor Sonnenaufgang den Geistern anschließen", wie sie gesagt hatte. Nicht, wenn ich 25 Meilen pro Stunde fuhr. Ich könnte ungebremst mit einem Baum kollidieren und hätte bei dieser Geschwindigkeit nicht einmal ein Schleudertrauma. Und außerdem würde mein teures neues Auto das niemals zulassen. Es hatte mehr ausgefeilte Mechanismen zur Unfallvermeidung, als ich zählen konnte, so viele, dass es mir vorkam, als sei es speziell für betrunkene Fahrer entwickelt worden.

Dieses Auto war idiotensicher. Ich hatte einmal einen heißen Milchkaffee auf meinen Schoß gekippt und versehentlich das Lenkrad nach links gerissen ... nur, dass das Auto das nicht zugelassen hatte. Es hatte mich lautstark angepiepst und das Lenkrad hatte sich keinen Zentimeter bewegt. Ich war danach dankbar, aber auch ziemlich verunsichert. *Das kann ich nicht zulassen, Nora*, stellte ich mir mit der Stimme von HAL aus *„2001: Odyssee im Weltraum"* vor.

Ich kam an einem Straßenschild vorbei, das mir mitteilte, dass ich nun durch Eastwind, Texas, fuhr.

Ich hatte mein Leben im Lone Star State verbracht, aber noch nie von diesem Ort gehört. Wo war ich?

Ich warf einen kurzen Blick auf mein Handy, aber das Display war dunkel. Scheiße! Ich drückte den Knopf, um es aufzuwecken, aber nichts geschah.

„Okay, Google."

Keine Antwort. Kein süßer Piepton, der mich wissen ließ,

dass es mir zuhörte und wie ein braver kleiner Handydiener auf Befehle wartete.

Ich richtete meinen Blick wieder auf die Straße und rief: „Okay, Google, hör auf zu spielen. Ich weiß nicht, wo ich bin."

Immer noch nichts.

Mist! Das konnte nicht sein. Wie sollte ich ohne mein Handy nach Hause kommen? Ich konnte nicht an einer Tankstelle anhalten und nach dem Weg fragen, weil es mitten in der Nacht und das nicht die Art von Stadt war, in der es eine Tankstelle gab. Vielleicht eine altmodische Tankstelle mit einem Tankwart, der eine Weile im Gefängnis gesessen hatte, aber ein Herz aus Gold besaß. Jedenfalls keine 24/7 Tankstelle mit Laden. Keine Shells, keine Exxons, keine Chevrons.

Mein Adrenalinpegel stieg an, und mein Bleifuß reagierte.

Ich wusste vielleicht nicht, wohin ich wollte, aber ich würde schnell dorthin kommen. Niemand hat Zeit, sich zu verirren. Besonders ich nicht. Am Abend hatte ich einen Termin mit einem Investor, der ein Chez Cœur in Dallas eröffnen wollte. Ich hatte Orte, an denen ich sein musste, und ich hatte nicht vor, hier draußen am Arsch der Welt in ein Szenario zu geraten, das *Beim Sterben ist jeder der Erste* alle Ehre gemacht hätte.

Mit steigender Herzfrequenz stieg auch meine Geschwindigkeit. Mir war klar, dass keine anderen Autos in Sichtweite waren. Was war mit dem ganzen Verkehr vom Highway passiert? Scheiße, hatte ich bei der Umleitung eine Abzweigung verpasst? Das musste ich wohl.

Der nächste Sekundenbruchteil zog sich eine Ewigkeit hin.

Die dunkle Gestalt auf der Straße.

Meine Scheinwerfer, die durch sie hindurch schienen.

Die Lichter meines Armaturenbretts, die plötzlich starben.

Mein erschrockener Schrei, als ich das Lenkrad abrupt nach

rechts riss, um nicht mit irgendetwas auf der Straße zu kollidieren.

Das Holpern der Vorderreifen über den unbefestigten Randstreifen.

Die *völlige Abwesenheit* aller Sicherheitsmechanismen, für die ich ein Vermögen bezahlt habe!

Meine Scheinwerfer, die plötzlich nicht mehr leuchteten.

Im allerletzten Moment der Anblick des dicken Baumstammes im Mondlicht auf Kollisionskurs mit der Front meines Autos.

Dann der knochenbrechende Aufprall.

Und dann nichts.

Kapitel Zwei

Jemand wischte mein Gesicht mit einem nassen Schwamm ab.

Nein, Moment. Knutschte mich jemand?

Ja, das schien es besser zu beschreiben.

Wer auch immer es war, war jedoch nicht besonders gut darin. Schlampige Technik.

Ich öffnete meine Augen, konnte aber meine Umgebung nicht sofort erfassen.

Etwas Großes und Flauschiges war über mir, aber das einzige Detail, das ich vom dunklen Blätterdach der Bäume unterscheiden konnte, war eine rosafarbene Zunge.

„Hör auf! Ich bin nicht der Typ Mädchen", protestierte ich durch den Nebel hindurch.

Es stimmte nicht *ganz*. Ich hatte ein paar Typen geküsst, deren Namen ich nicht kannte (wer hart arbeitet, darf auch hart feiern), aber keiner von ihnen war jemals so haarig gewesen.

Ich stieß, was immer es auch war, von mir, und erst nachdem ich etwas Abstand geschaffen hatte, erkannte ich, was es war: ein riesiger schwarzer Hund. War das überhaupt ein Hund? Ich hatte noch nie einen so großen Hund gesehen. Er hatte locker die Größe eines Ponys.

Das Tier wich ein paar Schritte zurück und starrte mich mit goldenen Augen an, während ich mich auf meine Ellbogen stützte. „Igitt", schnaubte ich und wischte mir den Sabber aus dem Gesicht. „Danke, aber nein danke."

„*Oh Entschuldigung, dass ich geholfen habe*", antwortete der Hund, bevor er sich umdrehte und in die Dunkelheit trottete.

Aber nein, das konnte nicht sein. Hunde redeten nicht.

Hmm ... das war ein Haken in der Spalte „Geisteskrankheit".

Oder vielleicht hatte ich mir einfach den Kopf gestoßen. Wo war ich? Was war passiert? Wie war ich hierhergekommen?

Ich erinnerte mich – die Umleitung, die schwarze Gestalt mitten auf der Straße ... der Baum.

Aber als ich mich umsah, stimmte es nicht. Wo war mein Auto? Wo war die Straße?

Überall um mich herum ragten hohe Bäume in den dunklen Sternenhimmel, den ich durch das Blätterdach erblickte. Ich lag auf einer winzigen Lichtung, auf weichen Kiefernnadeln.

In Osttexas gab es hohe Bäume, aber nicht so. Dieser Ort erinnerte mich eher an den pazifischen Nordwesten, einen anderen Ort, den ich schon immer besuchen wollte, aber es fehlte mir immer entweder die Zeit oder das Geld dafür.

Wenn es draußen hell wäre, wäre der Wald vielleicht wunderschön, magisch und einladend gewesen. Aus irgendeinem Grund vermutete ich jedoch, dass er tagsüber immer noch unheimlich sein würde.

Aber mitten in der Nacht war ich mir absolut sicher, dass es ziemlich gruselig war. Ich musste hier raus, eine Stadt finden.

Ich stand vorsichtig auf und befürchtete, dass ich mir bei dem Unfall einige Verletzungen zugezogen haben könnte, die mein verwirrtes Gehirn noch nicht registriert hatte, aber dem schien nicht so zu sein. Mir ging es gut. Sogar großartig.

Na ja, abgesehen davon, dass ich vollkommen desorientiert mitten im Nirgendwo war.

Ich klopfte die Tannennadeln von meinem Mantel und blickte auf mein weißes Top und meine schwarze Hose hinunter, um nach Rissen zu sehen. Abgesehen von den trockenen Blättern und Tannennadeln, die daran hingen, sahen sie gut aus. Keine Flecken, keine Risse. Was für ein seltsames Glück.

Ich ging in die Richtung, in die der schwarze Hund gelaufen war, da ich annahm, dass er mit dieser Gegend wahrscheinlich besser vertraut war und nicht direkt von einer Klippe oder in Richtung einer Bärenhöhle oder was auch immer hier draußen lauerte, laufen würde. Wenn er wie alle Hunde war, denen ich in meinem Leben begegnet war, folgte er wahrscheinlich seiner Nase in Richtung Futter.

Mein Magen knurrte. Da ich mich vor dem Hauptgang von meinem Neil getrennt hatte, war alles, was ich heute Abend gegessen hatte, ein paar Muscheln als Vorspeise gewesen. Und davor hatte ich nur ein leichtes Frühstück zu mir genommen: Eine Scheibe frisch gebackenes Brot mit einer lokal angebauten und eingekochten Aprikosen-Birnen-Marmelade darauf. Es war zwar köstlich gewesen, aber jetzt sehnte ich mich nach einem fettigen Burger oder zehn. Haute Cuisine konnte Spaß machen, aber ich war viel zu hungrig für die winzigen Portionsgrößen.

Nach zehn Minuten Fußmarsch bemerkte ich den ersten Lichtschimmer zwischen den Bäumen. Ich ging schneller.

Dann waren da mehr Lichter.

Und noch mehr.

Ich joggte die letzten hundert Meter, bis ich den Wald verließ und mich am Rande einer winzigen Stadt fand.

Laternen beleuchteten eine schmale Straße, die direkt vor

mir lag und auf beiden Seiten von vereinzelten Geschäften gesäumt war, deren Schilder ich von wo ich stand und bei so wenig Licht nicht entziffern konnte. Aber da vorn, wo die Straße abzweigte, war das Schönste, was ich je gesehen hatte.

Drinnen brannte das Licht, und ein *Geöffnet*-Schild blinkte. Auf dem verdammten Ding hätte genauso gut stehen können: *„Es gibt einen Gott!"*, so viel Hoffnung gab es mir.

Die Metallverkleidung der Fassade glänzte im Mondlicht, als ich näher kam. Lange Fenster erstreckten sich über die gesamte Länge des Gebäudes und ermöglichten es einem hungrigen Reisenden wie mir, die ganze Pracht des Restaurants zu sehen. Gäste füllten die meisten Nischen an den Fenstern, und weiter hinten war eine lange Theke.

Erinnerungen an meine Eltern kamen hoch. Ich hatte nicht mehr viele, aber ich hielt die wenigen, die ich noch hatte, fest. Diejenigen, die mich jetzt noch besuchten, stammten von den Sonntagen, die wir zusammen verbracht hatten. Sie führten mich in dieses kleine, heruntergekommene Lokal, das jahrzehntelang eine Institution in Austin und einer der letzten Widerstandskämpfer gegen Kettenrestaurants und Lokale wie ... nun ja, wie Chez Cœur gewesen war. Wir waren jede Woche dort hingegangen, und die Kellnerin hatte meinen Namen gekannt und mich wie eine Ersatztochter behandelt. Ich durfte tun und lassen, was ich wollte, und niemand hatte Einwände gehabt. Julio, der Manager, hatte mich sogar einmal in die Küche gehen lassen (ein absoluter Verstoß gegen die Hygienevorschriften) und mir gezeigt, wie man seine berühmten Migas zubereitete.

Und dann hatte jemand meine Eltern ermordet und dabei auch die Familie gestohlen, die ich in Rupert's All-Night-Diner noch gehabt hatte.

Ich hatte seit Jahren nicht mehr an diese Sonntage gedacht,

aber der köstliche Duft von Hamburgern und Pommes, der von oben heruntersank, trat eine Lawine von Erinnerungen los.

Über der Eingangstür leuchtete ein Neonschild mit der Aufschrift „*Medium Rare*". Die Buchstaben blinkten nacheinander, einer nach dem anderen, dann alle zusammen.

„Hör zu, Diner, du hast mich schon damit überzeugt, dass du ‚*geöffnet*' bist. Du brauchst dich nicht so sehr anzustrengen", murmelte ich, als ich unter dem auffälligen Schild hindurchging und mich auf eine olfaktorische Reise in die Vergangenheit begab. Ich schloss die Augen und atmete tief ein. Wenn jemand diesen Geruch in eine Flüssigkeit destillieren könnte, würde ich darin baden.

Oh, Moment. Das wäre einfach Grillfett. Okay, dann vielleicht nicht baden. Ich möchte hiermit zu Protokoll geben, dass ich nicht in Grillfett baden würde.

„Nehmen Sie einfach irgendwo Platz!", rief eine Stimme hinter der langen Theke. Ich öffnete die Augen und sah einen stämmigen Mann mittleren Alters mit freundlichem Gesicht und dicken, behaarten Unterarmen, der mir zuwinkte, bevor er durch die Metallflügeltüren in die Küche verschwand.

„Danke!", rief ich zurück, doch ich war mir nicht sicher, ob er mich über den Lärm der anderen Gäste und des laut brutzelnden Fleisches auf dem Grill hören konnte.

Ich sah mich nach einer freien Sitznische um, und da stellte ich fest, dass etwas nicht ganz stimmte.

Das ist typisch für mich. Wenn ich ausflippe, neige ich zum Understatement. Dadurch versuche ich mir nicht anmerken zu lassen, dass ich Angst habe, was die Regel Numero Uno ist, wenn man als alleinstehende, unabhängige Geschäftsinhaberin in einer Branche arbeitet, die von egoistischen Männern geführt wird.

Wenn ich also sage, dass etwas nicht ganz stimmte, meine ich damit, dass ich den Sensenmann sah.

Den verdammten Sensenmann! Er saß allein in einer Nische im hinteren Teil des Diners, sein Gesicht von seiner Kapuze verdeckt, die Sichel gegen das Fenster gelehnt, während er sich einen Cheeseburger in den Mund stopfte.

Als er bemerkte, dass ich ihn beobachtete, nickte er beiläufig und winkte.

Oh nein. Ich winke nicht zurück.

Ich machte eine Kehrt, ging in die andere Richtung die Reihe der Nischen hinunter zu einer leeren ganz weit weg vom Tod.

Alle starrten mich an.

Es kommen wahrscheinlich nicht viele neue Leute in die Stadt, dachte ich.

Ich lächelte sie an, als ich an ihnen vorbeiging, und versuchte, einen guten ersten Eindruck zu hinterlassen und so zu tun, als würde ich wegen der Anwesenheit des Sensenmanns nicht am Rande eines Nervenzusammenbruchs stehen.

Dann fiel mein Blick auf die Beine einer Familie. Sie baumelten unter der Tischplatte und waren nur einen Moment lang sichtbar, als ich vorbeiging, doch es waren eindeutig Ziegenbeine. Alle hatten *Ziegenbeine*. Mein Blick wanderte zu ihren Gesichtern, die mir folgten wie Sonnenblumen der Sonne. Hörner. Sie hatten auch Hörner. Ich hätte fast übersehen, dass die Dinger zwischen den lockigen Haaren der Leute hervorlugten, aber sie waren tatsächlich da.

Sosehr ich auch nochmal hinsehen wollte, es kam mir unhöflich vor, und ich war mir ziemlich sicher, dass es zum gleichen Ergebnis führen würde. Als ich mich hinsetzte, sah ich jedoch zu ihnen hinüber, denn wer weiß, es hätte auch eine Ziegenfamilie sein können, die in der Nische saß, und ich war nur verwirrt und hatte gedacht, ihre obere Hälfte sei menschlich.

Aber nein. Zwei überwiegend menschliche Eltern, eine

überwiegend menschliche Tochter und ein überwiegend menschlicher Sohn. Alle mit Hörnern.

Aber das war okay. Ich war nicht dabei, vollkommen den Verstand zu verlieren.

Ich verliere nicht gerade den Verstand. Ich verliere nicht den Verstand. Ich verliere nicht den Verstand. Ich wiederholte das noch ein paarmal in meinem Kopf. Sie wissen schon, wie es jeder vernünftige Mensch tut.

Wäre der Geruch von Steak und Eiern nicht so intensiv gewesen, wäre ich wie vom wilden Affen gebissen aus dem Diner gerannt und hätte mich dabei nicht einmal umgedreht (außer vielleicht, um sicherzugehen, dass der Sensenmann mir nicht folgte).

Ich war in einer schwierigen Lage, aber das war okay. Ich war lange genug auf mich allein gestellt gewesen, und das schon in so jungen Jahren, dass das Einzige, was ich besser konnte, als mich in eine schwierige Situation zu bringen, war, mich aus einer solchen Situation zu befreien. Ich würde hier sitzen, keine Angst zeigen und mir etwas zu essen bestellen.

Nur ...

Mein Geldbeutel war im Auto. Verdammt! Konnte ich essen und die Zeche prellen?

Nein, so schlechtes Karma konnte ich mir nicht leisten, vor allem nicht, wenn der Tod mich von der anderen Seite des Raumes aus musterte.

Ich würde es einfach dem netten Mann mit den haarigen Armen erklären, wenn er vorbeikam, um meine Bestellung aufzunehmen. Ich würde sagen, dass ich mich verirrt habe, meinen Geldbeutel nicht dabei habe – vielleicht würde ich, um Mitleid zu heischen, sogar den Autounfall erwähnen –, und dann anbieten, als Gegenleistung für eine Mahlzeit beim Abwaschen in der Küche zu helfen.

Nachdem ich einen Plan bereitgelegt hatte, gönnte ich mir einen tiefen Atemzug.

Doch der Plan löste sich sofort in Wohlgefallen auf, als *er* an meinen Tisch trat.

Whoa!

Er war wunderschön. Ich weiß, dass Männer „gutaussehend" oder „sexy" bevorzugen, aber für ihn schien keines von beidem ganz zutreffend zu sein. Er war groß und stark, aber nicht auf diese fürchterliche „Ja, ich stemme Gewichte"-Art. Eher so, wie Männer sind, die tatsächlich produktive Dinge wie Landwirtschaft oder Holzhacken tun oder eine verirrte, müde Fremde zu sich nach Hause einladen, um ...

„Hey", sagte er, und ein breites, schiefes Lächeln erhellte seinen bereits strahlenden Teint. Sein Haar hatte die Farbe von nassem Sand und war auf eine unkontrollierte Art kurz, und er hatte den Ansatz eines Bartes. Ich war mit dieser Art von Gesichtsbehaarung vertraut. Sie verriet, dass er sich am frühen Morgen vor einem langen Tag rasiert hatte. Die meisten nennen es Nachmittagsschatten, aber in der Dienstleistungsbranche sehen wir den Drei-Uhr-Schatten. Wie drei Uhr morgens. Er hatte wahrscheinlich eine Doppelschicht gearbeitet, und doch war er hier und lächelte, als gäbe es keinen Ort, an dem er lieber wäre.

„Hi", sagte ich.

„Du bist neu." Keine Frage.

„Ja."

Er wischte sich die Hand an seiner Schürze ab und bot sie mir an. „Ich bin Tanner."

Ein Paradebeispiel für Service mit einem Lächeln. Mir wurde bewusst, wie überraschend angenehm es war, eine ordentliche Vorstellung von meinem Kellner zu bekommen — vielleicht würde ich das nach meiner Rückkehr im Chez Cœur einführen.

Aber nein, die Gäste meines Restaurants wollten nicht Freundschaft mit dem Kellner schließen; sie wollten Distanz.

„Nora", sagte ich und schüttelte ihm die Hand.

Er hatte einen festen Händedruck, aber den hatte ich auch.

Er nickte, beeindruckt, und warf mir ein schiefes Lächeln zu, bevor er fragte: „Wann bist du übergetreten?"

„Wie bitte?", keuchte ich, und mein Blick wanderte zu Gevatter Tod, der seine Ellbogen auf den Tisch stützte und verträumt aus dem Fenster starrte.

„Ich meine nur, wann bist du nach Eastwind gekommen?"

„Ich bin immer noch da?", fragte ich.

Er kniff die Augen zusammen und musterte mich. „Ähm. Wow! Du weißt nicht, wo du bist. Das muss beunruhigend sein." Dann glitt er zu meiner Überraschung mir gegenüber in die Sitznische. Er rieb sich die Hände und sagte: „Okay. Damit bin ich dein erster Kontakt." Er schüttelte seine Hände an den Handgelenken und holte tief Luft. „Pff! Ich habe gehört, dass Leute der erste Kontakt für Neuankömmlinge sind, aber ich hätte nie gedacht, dass ich jemals eine Gelegenheit bekommen würde."

Wovon zum Teufel redete er? Ich wusste, dass das ländliche Texas langweilig sein konnte, aber hin und wieder mussten sicherlich Leute hier durchkommen.

„Stell mir eine Frage", sagte er. „Irgendwas."

Die Entscheidung fiel mir leicht. „Ist das der Sensenmann da drüben, oder habe ich den Verstand verloren?"

Er warf einen Blick über die Schulter. „Ich weiß nichts über *den* Sensenmann, aber ja, er ist *ein* Sensenmann." Er beugte sich vor und fügte hinzu: „Es ist ihm lieber, wenn du ihn einfach Ted nennst."

„Ted?", wiederholte ich dümmlich.

„Ja", sagte er. „Und ich meine, ich denke, es ergibt einen

Sinn. Mir würde es auch nicht gefallen, wenn jemand mich einfach ‚Hexe' nennen würden, weißt du?"

„Warum sollte jemand dich Hexe nennen?"

Tanner verzog das Gesicht und drehte den Kopf ein wenig zur Seite. Dachte er, ich nehme ihn auf den Arm? War die Antwort so offensichtlich?

„Weil ich eine bin", sagte er.

Okay, die Antwort *war* offensichtlich, wenn man mir die notwendigen Informationen gab, die ich nicht gehabt hatte. Aber jetzt hatte ich sie.

„Du bist eine Hexe?", fragte ich.

Er nickte.

„So nennen sie dich? Hexe? Nicht Zauberer oder Hexenmeister?"

Es war nicht die produktivste Frage meinerseits. Stattdessen hätte ich fragen sollen „Machst du Witze?", weil es Hexen nicht gibt.

Allerdings hatte ich gerade die Bestätigung bekommen, dass der Sensenmann – nein, tut mir leid, *Ted* – weniger als sieben Meter von mir entfernt saß, und wenn ich meinen Augen glauben durfte, saß drei Nischen weiter eine Ziegenmenschenfamilie. Warum sollte dieser wunderschöne Mann also keine Hexe sein?

Ich vermutete jedoch, dass meine Frage ihn beleidigt hatte. Er setzte sich aufrecht hin und hob das Kinn. „Hexen können durchaus männlich sein."

Ich hob beschwichtigend die Hände. „Tut mir leid. Ich wollte dich nicht beleidigen."

Seine starken Schultern entspannten sich. „Nein, mach dir darüber keine Sorgen. Eine Hexe zu sein ist so großartig, dass mir eine gelegentliche dumme Bemerkung von Leuten über männliche Hexen nichts ausmacht. Aber ich schätze, du wirst die Vorteile bald genug sehen."

Sein Lächeln war so warm, dass es mich in den Bann zog und ich fast nicht bemerkt hätte, was er meinte. „Moment. Warum sollte ich die Vorteile sehen?"

Er wiegte ein wenig ungeduldig mit dem Kopf hin und her. „Ganz einfach, weil die Chancen gut stehen, dass du eine Hexe bist."

Ich lachte. „Okay, du hast mich erwischt." Ich sah mich im Diner um. „Wo sind die versteckten Kameras?"

„Die was?", fragte er und klang besorgt.

„Kameras." Ich winkte ab. „Egal. Ich sage nur, dass das ein Witz sein muss, oder? Wie um alles in der Welt kommst du darauf, dass ich eine Hexe bin?"

Er hielt inne und kaute auf seiner Lippe herum. „Na ja", sagte er, „du bist kein Kobold, kein Faun und kein Vampir – das kann ich auf den ersten Blick erkennen. Es gibt noch ein paar andere Dinge, die ich ausschließen kann, indem ich dich ansehe, aber damit will ich dich nicht langweilen. Der Hauptgrund, weswegen ich denke, dass du eine Hexe bist, ist, dass – abgesehen von den vereinzelten Avaloniern, die zu Besuch kommen – die einzigen neuen Leute, die wir in Eastwind treffen, Hexen sind. Und nichts für ungut, dass du keine Avalonierin bist, sehe ich nicht nur an deiner Kleidung."

Das war viel auf einmal. Ich beschloss, einen Informationshappen nach dem anderen anzugehen. „Also, ich habe einen Haufen Fragen zu dem, was du gerade gesagt hast, aber das muss warten, weil mir eine Frage unter den Fingernägeln brennt."

„Nur zu."

Ich beugte mich vor und flüsterte: „Hat die Familie da drüben Ziegenbeine?"

Seine haselnussbraunen Augen leuchteten auf, und er lachte. Es hörte sich an, wie Frühling sich anfühlte. „Du meinst die Tomlinsons?"

Ich zuckte mit den Schultern. Klar, die Tomlinsons. Als hätte ich mich ihnen bereits vorgestellt und gesagt: „Hallo, ich bin Nora Ashcroft. Und Sie sind?" und wäre dann lässig weitergegangen, als hätten sie nicht alle Hufe.

„Sie sind Faune", fuhr er fort. „Die gibt es dort, wo du herkommst, nicht?"

„Nein."

„Also, was *gibt* es da, wo du herkommst?"

„Nur einfache Menschen."

Er verzog das Gesicht und schüttelte vage den Kopf. „Das verstehe ich nicht. Was meinst du mit ‚einfache Menschen'?"

„Wie ich. Einfach eine Person. Ich weiß nicht."

Er pfiff leise. „Klingt nach einem langweiligen Ort – nichts für ungut. Ich wette, du bist froh, dass du hier gelandet bist."

Ich kicherte. „Das weiß ich noch nicht."

Er rutschte aus der Nische. „Jetzt habe ich eine Frage an dich, Nora. Was kann ich dir zum Frühstück bringen?"

Kapitel Drei

Als ich beobachtete, wie Tanner mit jedem im Medium Rare umging, hoffte ich, dass er mich begleiten würde, wenn ich jemals aus dieser Stadt herauskäme. Chez Cœur könnte jemanden wie ihn gebrauchen. Er hatte einfach diese Art an sich, die in den Augen seines Gegenübers ein Licht zum Leuchten brachte. Es hatte sofort eine Verbindung gegeben, als er in meine Nische gerutscht war und so getan hatte, als wäre ich das Einzige auf der ganzen Welt, das in diesem Moment zählte.

Ich beobachtete ihn schamlos, als er Ted am anderen Ende des Restaurants ein Stück Kuchen brachte, und sogar der Tod selbst schien aufzuleuchten, als Tanner ihn ansah.

Und ich muss sagen, ich war äußerst beeindruckt von Tanners Fähigkeit, so locker und freundlich mit dem Tod umzugehen.

Ich hätte die ganze Nacht da sitzen und Tanner dabei zusehen können, wie er seine Magie ausübte, und versuchen können, herauszufinden, was sein Geheimnis war, aber mein Magen war gerade dabei, sich selbst zu verzehren.

Während der Service im Gastraum großartig war, hätte der Service in der Küche ein bisschen Hilfe gebrauchen können. Fühlte es sich nur so an, als hätte ich schon eine halbe Stunde dort gesessen, oder war ich tatsächlich schon so lange hier?

Die Verzögerung erlaubte es mir, die Ereignisse der Nacht noch einmal Revue passieren zu lassen. Und, Junge, wenn das mal keine lange Nacht gewesen war!

Ich sehnte mich wahnsinnig nach meinem Handy. Ich musste mich bei Georgina, der Managerin, melden, die für das Aufschließen des Chez Cœur am nächsten Tag verantwortlich war, um ihr zu sagen, dass ich nicht da sein würde. Als Erstes würde eine riesige Ladung Enten geliefert werden, und ich war immer diejenige, die sich um diese Lieferungen kümmerte, da es dabei in der Regel Diskrepanzen gab und ...

Mann, mein Leben zu Hause war ermüdend. Ted und die Tomlinsons (wäre das nicht ein toller Titel für eine Fernsehshow?) waren weitaus interessanter als alles, was ich bisher in meinem Leben gesehen oder getan hatte.

Nein, ich würde nicht hier sitzen und mein ganzes Leben schlechtreden. Ich hatte hart für dieses Leben gearbeitet. Ich hatte mir dafür jahrelang siebzig Stunden pro Woche den Hintern aufgerissen.

Wo war mein Essen?

Ungeduldig sah ich mich nach Tanner um, um zu sehen, ob er für mich nachfragen würde, aber ich konnte ihn nicht finden. Vielleicht war er schon hinten und sah nach.

Das war okay. Ich kannte mich in einem Restaurant aus.

Ich verließ meine Nische und bahnte mir einen Weg durch die Flügeltür, die den Gastraum von der Küche trennte.

Das Geräusch von Fett auf einem heißen Grill war ohrenbetäubend laut, die Küche glühend heiß. Ich spähte um die Ecke zu den Herden, auf der Suche nach jemandem, den ich nerven konnte. Aber es war niemand am Herd. Oder irgendwo. Wo waren alle?

Ein lauter Knall ließ mich zusammenzucken, und ich erstarrte für einen Moment und sah mich um. Eine Tür war zugeschlagen worden, und dann herrschte Stille. Etwas stimmte nicht. Ich wusste es sofort und konnte seine Präsenz in meinen Knochen spüren. Aber ich beruhigte mich und folgte der Geräuschquelle zum Büro des Managers, wo …

„Oh nein." Der Mann, der mich begrüßt hatte, als ich das Medium Rare betreten hatte, lag mit dem Gesicht nach unten am Boden. Seine haarigen Arme waren zu beiden Seiten ausgebreitet, und er bewegte sich nicht. Ich bin kein Arzt, aber ich war mir ziemlich sicher, dass das rote Zeug, das aus einer Wunde an seinem Hinterkopf quoll, Blut war.

Die Bratpfanne, die neben ihm am Boden lag, fiel mir erst im Vorbeigehen auf, als ich mich bückte und rief: „Sir? Sir? Können Sie mich hören? Geht es Ihnen gut, Sir?"

Keine Antwort.

Aus irgendeinem Grund wollte ich ihn nicht berühren. Vielleicht war es die Intimität des Augenblicks. Wir waren Fremde, die zusammen in diese schreckliche Situation geraten waren, und jetzt musste ich diese Beziehung auf die nächste Ebene bringen, indem ich ihn berührte?

Ich überwand mich, legte meine Hand auf seinen dicken Unterarm und schüttelte ihn sanft. „Sir? Können Sie –"

„Was ist hier – oh nein!"

Es war Tanner. Ich musste mich nicht umdrehen, um zu wissen, dass er es war. Seine Stimme hatte sich bereits fest in meine Erinnerung eingeprägt.

„Bruce!", schrie er und schüttelte den Mann viel heftiger als ich. „Bruce, geht's dir gut, Kumpel?"

„Das glaube ich nicht", murmelte ich.

Tanner warf mir einen finsteren Blick zu, dann streckte er

die Hand aus und legte zwei Finger an Bruce' Hals. Er hielt inne. Mit einem leisen Grunzen korrigierte er die Position seiner Finger und wartete dann erneut. Immer noch nichts.

Er wippte auf den Fersen zurück, bis sein Po den kalten Fliesenboden im Büro des Managers berührte, dann stützte er den Kopf in seine Hände.

Ich wusste nicht, was ich tun sollte. Ich beugte mich vor und legte tröstend eine Hand auf seine Schultern, aber er zuckte die Achseln und stand abrupt auf. „Das warst du?"

Ich sprang auf. „Nein! Natürlich nicht!"

„Warum warst du dann hier hinten?"

„Mein Essen hat ewig gedauert, und du warst nicht da, also – hey, warte! Wo warst du?"

Er zuckte zusammen. „Ich musste mal. Hat ein Mann nicht das Recht, während einer Doppelschicht mal zur Toilette zu gehen?"

Wir starrten uns nur noch einen Moment lang an, bevor ich sicher war, dass er die Wahrheit sagte. Das musste er von mir auch gespürt haben, denn wir wandten uns beide wieder dem Leichnam zu.

„Was jetzt?", fragte ich.

Er fuhr sich mit der Hand übers Gesicht. „Ich schätze, wir schicken Deputy Manchester eine Eule."

„Machst du Witze?"

Das machte er nicht.

Eine Eule zu schicken war genau das, wonach es sich anhörte. Tanner nahm einen Stift und einen Zettel von Bruce' Schreibtisch und schrieb etwas darauf, bevor er mich aufforderte, ihm zu folgen. Er erklärte: „Nichts für ungut, aber ich denke nicht, dass einer von uns mit der Leiche allein sein sollte, bis Manchester eintrifft. Könnte verdächtig aussehen."

Ich stimmte zu und ging mit ihm durch die Hintertür hinaus in die kalte Nachtluft. Rechts von der Tür war eine

Messingglocke an der Wand befestigt. Tanner klingelte, und einen Moment später erschien eine Eule aus der Dunkelheit und landete auf einer Messingstange direkt unter der Glocke. Nachdem Tanner die Nachricht befestigt hatte, sagte er: „Deputy Stu Manchester", und die Eule flog los.

Deputy Stu Manchester traf weniger als fünfzehn Minuten später ein, und seine Anwesenheit gab Tanner die Möglichkeit, das Restaurant zu räumen und allen zu sagen, dass ihr Essen umsonst sei und dass sie, wenn sie ihr Essen noch nicht bekommen hätten, wiederkommen und ein kostenloses Essen bestellten könnten.

Nachdem der Deputy die Leiche zugedeckt hatte, bat er uns beide zur Befragung nach draußen, ließ jedoch denjenigen von uns, mit dem er gerade nicht sprach, außer Hörweite sitzen, für den Fall, dass wir versuchen wollten, unsere Geschichten abzustimmen.

Ich hatte den Eindruck, dass Deputy Manchester für diese Art von Action lebte. Nicht speziell Bruce' Tod, sondern Mord allgemein. Er war wie ein Kind im Süßwarenladen und schaffte es nicht, angesichts von etwas so Interessantem gelassen zu bleiben. Seine Reaktion war wohl nachvollziehbar; in einer winzigen Stadt in Texas (obwohl ich langsam glaubte, nicht mehr in Texas zu sein) konnte nicht viel los sein. Wahrscheinlich verbrachte er seine Tage mit Anrufen wegen Ruhestörung durch Kinder oder gestohlenes Vieh.

Er hielt einen Notizblock auf Brusthöhe, während er mich musterte. „Ashcroft, eh? Ich habe noch nie eine Ashcroft getroffen. Haben Sie sich den Namen ausgedacht?"

Ich seufzte. „Ähm, nein. Es tut mir leid, aber inwieweit ist mein Name relevant?"

„Man weiß nie, was in einem Mordfall relevant ist, Miss Ashcroft. Es ist ‚Miss' und nicht ‚Mrs.', oder?" Sollte das eine Anmache sein? Mein Blick wanderte zu Tanner, der zwanzig Meter entfernt an einem Baum lehnte.

„Miss ist okay."

Er strich etwas auf seinem Notizblock durch und steckte ihn dann in seine Brusttasche. „Miss Ashcroft –"

„Nennen Sie mich doch einfach Nora."

„Also gut. Nora, ich möchte, dass Sie das aus meiner Perspektive betrachten. Ein etablierter Geschäftsinhaber wird aus heiterem Himmel ermordet, und wenn ich mir die Situation genau ansehe, sind Sie das einzige neue Element, das ich in dieser Gleichung finden kann. Was sagen Sie dazu?"

Ich zuckte mit den Schultern. „Sehen Sie genauer hin?" Ich wusste, dass ich keine frechen Antworten geben sollte, aber ich war hungrig und müde, und er hatte mich gerade mehr oder weniger des Mordes beschuldigt. Das brachte nicht gerade das Beste in mir hervor.

Er blähte seine Brust auf. „Natürlich werde ich alles weiter ansehen. Hören Sie, Missy –"

„Nora."

„– ich mache diesen Job schon lange. Ich brauche Ihre Hilfe dabei nicht!"

„Also sind wir dann mit den Fragen fertig? Großartig. Ich bin am Verhungern."

Er grunzte. „Wir sind noch nicht fertig mit … nun, nein, ich denke, das sind wir. Ich habe Ihnen alle meine Fragen gestellt. Okay. Ich rufe besser Ted an, damit er hier aufräumt. Verlassen Sie die Stadt nicht! Vielleicht habe ich noch Fragen an Sie, nachdem ich mir den Tatort genauer angesehen habe."

„Natürlich." Ich beschloss, nicht zu erwähnen, dass der Hauptgrund für meine Zustimmung darin bestand, dass ich derzeit keine realistische Möglichkeit hatte, die Stadt zu verlassen. Erst, wenn ich das Rätsel um meinen verschwundenen BMW gelöst hatte.

Deputy Manchester drehte sich um und stapfte zurück ins Diner.

Der helle Mond beleuchtete den dunklen Himmel, und es wehte ein kühler Wind. Ich schlang meine Arme um mich und zitterte, bevor Tanner eine warme Hand zwischen meine Schulterblätter legte. „Lass nicht zu, dass er dir unter die Haut geht", sagte Tanner und rieb langsam meinen Rücken. „Er ist ein guter Kerl, aber er wird ein bisschen aufgeregt, wenn was Interessantes passiert."

„Du kennst ihn gut?", fragte ich. Das Licht der Lampe über der Tür schimmerte in seinen haselnussbraunen Augen.

„Das würde ich nicht so sagen. Aber wir hatten die eine oder andere ... Begegnung."

Whoa. „Kommst du oft mit dem Gesetz in Konflikt?" War Tanner ein Bad Boy? Wer hätte das gedacht?

Er verzog das Gesicht. „Ehh, das würde ich nicht sagen. Ist eine lange Geschichte. Sagen wir einfach, jedes Mal, wenn jemand in Eastwind stirbt, lande ich irgendwie auf der Verdächtigenliste."

„Sterben hier oft Leute?"

Er begegnete meinem Blick und seufzte. „Zu oft. Das passiert wohl, wenn sich ein Haufen gefährlicher Kreaturen in einer kleinen Stadt versammelt."

„Meine Güte, du machst mir dieses Kaff wirklich schmackhaft." Aber ich begann, die Vorstellung zu akzeptieren, dass ich vielleicht nicht verrückt war und Tanner vielleicht nicht log, und dass es eine Stadt voller Kreaturen geben könnte, von denen ich immer geglaubt habe, dass sie ausschließlich in Märchen und Mythen existierten. Das zu glauben fühlte sich fast natürlich an ... wenn ich über all das hinwegsah, was ich jemals über die Welt gelernt hatte.

Tanner lachte. „Wenn wir eine Weile hier sein werden, können wir genauso gut reingehen, da ist es wenigstens warm."

Dem würde ich nicht widersprechen.

Als wir im Diner waren, setzte ich mich auf einen hohen Hocker an der Theke, und er ging auf die andere Seite. „Magst du Kuchen?", fragte er und beugte sich auf seinen Ellbogen nach vorn.

„Was für ein Monster muss man sein, um keinen zu mögen?" Sobald ich es gesagt hatte, kam mir der Gedanke, dass „Monster" in einer Stadt wie dieser eine Art Beleidigung sein könnte. Ich zuckte zusammen, aber er schien nicht beleidigt zu sein.

Schmunzelnd zeigte er auf mich und zwinkerte mir zu. „Ganz nach meinem Geschmack."

Das meinte er doch nicht *so*, oder?

Am Ende der Theke waren zwei Kuchen ausgestellt. Er nahm die Glaskuppeln herunter, lud zwei Stücke auf einen Teller, eines von jedem Kuchen. Er stellte den Teller zwischen uns, legte zwei Gabeln daneben und sagte: „Kirsche und Blaubeere. Du suchst dir aus, welchen du lieber willst, und ich nehme den anderen."

„Was ist, wenn ich beide will?", fragte ich. Traurig, aber wahr: das war mein Flirtversuch. Ich gebe zu, dass es nicht der beste Ansatz war. Aber ich war erschöpft und hungrig, also war Völlerei das Sexyste, was mir gerade einfiel.

Wenigstens erzielte es die beabsichtigte Wirkung. Sein Kopf schnellte zurück, und ein köstliches schiefes Grinsen erschien auf seinem Gesicht. „Verdammt! Auf jeden Fall ein Mädchen nach meinem Geschmack!"

Ich überlegte, zu lachen und zu sagen: „War nur ein Witz,

ein Stück reicht", aber das wäre eine Lüge gewesen. Ich konnte mich nicht erinnern, wann ich das letzte Mal einen guten, altmodischen Kuchen gegessen hatte. Alle Desserts, die ich in letzter Zeit zu mir genommen hatte, waren „erlesen" mit „subtilen Anklängen" an dieses Gewürz oder jene Wurzel, die es nur im Amazonas-Regenwald gab.

Aber verdammt! Ich wollte *Kuchen*! Echten Kuchen! Kuchen aus Butter und Mehl mit Beerenkonserven und Zucker. Vor allem Zucker. Ich wollte mich damit vollstopfen. Also, nein, ich sagte ihm nicht, dass ich einen Witz darüber gemacht hatte, beide Stücke essen zu wollen, denn dem war absolut nicht so. Das Ende dieser beiden Stücke nahte, und es könnte nötig sein, dass Deputy Manchester mich an den Barhocker fesselte, damit der Rest der beiden Kuchen dem gleichen Schicksal entging.

Und, heilige Backröhre, der Blaubeerkuchen war köstlich! Und der Kirschkuchen erst! Es ist mir nicht peinlich zu sagen, dass ich beide schnell ratzeputz aufaß. „Tanner, hast du die gemacht?"

Er lächelte bescheiden. „Ja. Kuchenbacken ist ein bisschen mein Ding."

„Du musst mir beibringen, wie man die macht."

Er beobachtete mich skeptisch. „Hast du vor, lange genug hierzubleiben, damit ich dir beibringen kann, wie man meine berühmten Kuchen backt?"

Oh, richtig. Ich hatte nicht vor, zu bleiben. Nicht einmal für Tanner. Nicht einmal für Kuchen.

Bevor mir eine clevere Antwort einfallen konnte, klingelte die Glocke über der Tür und lenkte meine Aufmerksamkeit dorthin. Ich drehte mich um, um zu sehen, wer hereingekommen war, und wäre fast aus meiner Haut gesprungen.

Ganz gleich, wie viele Begegnungen man mit dem Tod hat, es ist immer ein Schock, wenn er auftaucht.

„Hey, Ted", sagte Tanner ungezwungen, als sich der Sensenmann der Theke näherte.

„Hi nochmal, Tanner", antwortete Ted. Seine Stimme war ein tiefes Todesröcheln, als würde jemand einen Beutel mit alten Knochen am Boden eines Brunnens schütteln. „Es ist so verrückt, oder?" Teds Lachen jagte mir einen Schauer über den Rücken. „Ich war gerade hier, und dann wird Bruce getötet, und ich hatte überhaupt nichts damit zu tun, weißt du?"

Tanner nickte freundlich.

Ted schüttelte den Kopf und grinste. „Es ist einfach so unerwartet. Was für ein Zufall. Ich hatte übrigens nichts damit zu tun. Also, ähm ... wenn jemand fragt, würdest du es ihm einfach so sagen?" Er sah mich an, und seine Augen waren zwei endlose Gruben. „Die Leute hier neigen dazu, anzunehmen, dass ich den Tod bringe, wo auch immer ich hingehe. Absolut nicht der Fall. Habe ich ein unglückliches Timing? Ja, das gebe ich zu. Aber es ist nicht so, dass ich ein Omen bin oder sowas. Ha-ha."

„Mh-hm", sagte ich so fröhlich wie möglich. Das Letzte, was ich tun wollte, war, Ted in die Defensive zu drängen.

Er wandte sich Tanner zu. „Ich habe übrigens darüber nachgedacht, am Samstag eine Partie Bridge zu veranstalten." Ted richtete eine Fingerpistole auf ihn. „Bist du dabei?"

Tanner nickte unverbindlich. „Lass mich einen Blick in meinen Kalender werfen, Ted, und ich melde mich bei dir. Du solltest, ähm, wahrscheinlich ..." Er deutete mit dem Daumen über die Schulter nach hinten, wo Bruce' Leichnam immer noch am Boden lag und sein Blut über die Fliesen lief.

„Oh! Richtig!" Ted lachte und beugte sich spielerisch zu mir, hob eine behandschuhte Hand an seinen Mund und sagte mit einem Bühnenflüstern zu mir: „Muss meinen Job machen. Aber man hat ja schließlich Rechnungen zu bezahlen, nicht wahr?"

„Ha! Ja", sagte ich und zählte die Sekunden herunter, bis wieder etwas mehr Abstand zwischen uns war.

Er nickte Tanner zu. „Ich mag sie. Hat irgendwas. Ich weiß nicht. Solltest du behalten."

„Oh nein", stammelte Tanner verlegen, „wir sind nicht … sie ist nicht meine … wir haben nur zusammen das Opfer gefunden."

„Okay", sagte er nicht überzeugt. „Wie du meinst. Ich sage nur: Wenn du es nicht tust, könnte sie sich *jemand anderes* schnappen." Er zwinkerte Tanner zu. „So oder so", er drehte sich zu mir um, „solltest du ihn zum Bridgeabend begleiten." Er lehnte seine Sichel wieder an seine Schulter. „Also gut, ich muss mich an die Arbeit machen. Wir sehen uns!"

Ich glaube nicht, dass der letzte Teil als Drohung gedacht war.

Sobald er außer Sichtweite war, wandte ich mich Tanner zu. „Gehst du zum Bridgeabend?"

„Auf keinen Fall."

Als ich anfing zu lachen, lachte er auch, und der letzte Rest meiner Energie löste sich in Wohlgefallen auf. Ich seufzte. „Es war eine wirklich lange Nacht."

Er fuhr sich mit den Fingern durchs Haar. „Ja, ziemlich." Er hielt inne und starrte auf die Theke. „Ich kann nicht glauben, dass Bruce tot ist. Es ist … es ist einfach seltsam."

„Standet ihr beide euch nahe?"

„Ja, weitgehend. Allerdings hat er sich in letzter Zeit verändert. Er hat sich ein bisschen zurückgezogen, und zweimal habe ich ihn dabei erwischt, wie er im Lagerraum mit sich selbst gesprochen hat. Nein, keine Selbstgespräche", korrigierte er sich, „eher mit jemand anderem. Vielleicht mit ein paar anderen Leute. Aber niemand war da." Er schüttelte den Kopf. „Dann war er manchmal wieder ganz normal. Wie heute Abend. Er schien heute Abend ein bisschen mehr wie er selbst zu sein. Unser Koch hat sich krankgemeldet, und Bruce sagte, er würde einspringen. So hat er vor langer Zeit angefangen, als Koch. Darum ist er eingesprungen, wann immer er konnte. Hat es immer noch geliebt."

„Tut mir wirklich leid", sagte ich. Was hätte ich sonst sagen können? Tanner begriff langsam, dass Bruce tot war, und es fiel mir nicht schwer, mich daran zu erinnern, wie es sich anfühlte, wenn der Schock nachließ und die düstere Gewissheit an seine Stelle trat.

„Ich habe mir Sorgen um seine Gesundheit gemacht, was es damit auf sich hatte, dass er dauernd diese Selbstgespräche geführt und die meiste Zeit gewirkt hat, als hätte er Angst", fuhr Tanner fort. „Doch offensichtlich war sein Gesundheitszustand nicht das Problem, sondern eine Bratpfanne." Er verzog das Gesicht und wandte mir seine Aufmerksamkeit zu. „Du musst vollkommen erledigt sein. Hast du eine Unterkunft für heute Nacht?"

„Ich dachte, ich suche mein Auto, mache ein Nickerchen darin und mache mich dann wieder auf den Weg."

Er nickte langsam. Seiner Miene nach zu urteilen schien es, als zweifelte er ebenso sehr an meiner geistigen Gesundheit wie an der von Bruce. „Nun, ich weiß nicht, was ein Auto ist, aber kann ich einen Vorschlag machen?"

Vielleicht wurde ich verrückt, denn ich hätte schwören können, dass er gerade gesagt hatte, er wisse nicht, was ein Auto sei. „Äh, sicher."

„Bleib heute Nacht in der Stadt. Wenn du jetzt verschwindest, könnte das ein bisschen verdächtig aussehen, findest du nicht?"

Er hatte recht. Außerdem hatte Deputy Manchester mich angewiesen, zu bleiben. „Okay. Aber ich kenne niemanden außer dir in der Stadt."

Dann wurde mir klar, wohin dieses Gespräch wahrscheinlich führen würde.

Oh. Mein. Gott. Wollte dieser wunderschöne Mann mich für die Nacht zu sich nach Hause einladen? Ich war vielleicht todmüde, aber ich war nicht zu müde, um …

Ah-hem, was ich damit sagen will, ist, dass ich mich aufraffen könnte, wenn die Nacht es erforderte.

Er presste die Lippen aufeinander und nickte, während hinter seinem wunderschönen Äußeren tiefe Gedanken schwirrten. „Weißt du was? Ruby True." Er wedelte mit dem Finger vor meinem Gesicht herum. „Ja, ich wette, sie würde dir erlauben, ihr Gästezimmer oben zu nutzen. Normalerweise verlangt sie was dafür, aber ich wette, ich kann sie unter diesen Umständen dazu überreden, dich eine Nacht umsonst da übernachten zu lassen."

„Und wer ist Ruby?" Was ich fragen wollte, war: „Was ist Ruby?", aber das schien unhöflich. Trotzdem hatte ich nicht vor, die Nacht im Haus eines Drachen oder was auch immer zu verbringen. Gab es hier Drachen?

„Sie ist eine alte Frau."

War das nicht eine entzückende Wendung? Ich hatte gehofft, dass ich einen Abend mit Mr. Sexy Hexe verbringen würde, aber stattdessen würde ich eine Nacht auf dem Dachboden einer staubigen Oma verbringen und zweifellos gegen Motten kämpfen.

Trotzdem besser als ein Drache, vermutete ich. „Oh. Klingt aufregend."

„Das ist es in der Regel bei ihr." In seiner Aussage war kein Sarkasmus. „Ich schicke eine Eule und frage den furchterregenden Deputy Stu, ob wir gehen dürfen." Er warf mir ein kurzes Grinsen zu, von dem mir schwindelig wurde (oder war das der Kohlenhydratrausch, nachdem ich zwei Stücke Kuchen auf nüchternen Magen verschlungen hatte?) und verschwand in die Küche.

Ich seufzte. Es sah so aus, als würde ich die Nacht in Eastwind verbringen.

Okay, damit könnte ich umgehen. Was war das Schlimmste, das in einer Stadt voller tödlicher übernatürlicher Kreaturen passieren konnte?

Kapitel Vier

„Wir können gehen", sagte Tanner, als er mit einer schweren Jacke über der Schulter wieder aus der Küche kam. „Ich habe Ruby eine Eule geschickt, sie erwartet uns also."

„Uns?"

„Ja natürlich. Es sei denn … du weißt, wie du zu Rubys Haus kommst?"

„Oh, richtig."

Er hielt mir seine Jacke entgegen. „Hier. Es ist ein kleiner Spaziergang."

„Ich habe schon einen Mantel", sagte ich und streckte meine Arme aus, um ihn ihm zu zeigen.

„Ich kenne mich mit Mode nicht aus", sagte er und beäugte misstrauisch meinen Mantel, „aber das kommt mir eher wie ein Accessoire vor als wie ein echter Mantel."

Ich zuckte mit der Schulter. Es war einiges an Zeit verstrichen, seit ich Neil verlassen hatte, und die Temperatur war seitdem deutlich gesunken.

„Ja, ok. Du hast recht." Tanner war fast einen Kopf größer als ich, wahrscheinlich knapp zwei Meter groß. Das, gepaart mit dem ansehnlichen Umfang seines Bizeps, bedeutete, dass seine Jacke problemlos über meinen Mantel glitt. Ich zog sie fest um mich. „Danke." Sein Duft wehte von der Jacke in meine Nase. Er hatte etwas Erdiges, fast wie eine Mischung aus Rosmarin und Salbei. Und Kirschkuchen.

„Am Stadtrand lebt niemand, mit dem du die Nacht verbringen möchtest", erklärte er, als wir in die kalte Luft hinaus traten und die unbefestigte Straße entlanggingen, vermutlich in Richtung Stadtmitte. „Aber es ist ein perfekter Ort für das Medium Rare. Hier draußen leben hauptsächlich Werwölfe, und die lieben Steaks nunmal."

„Du hast gerade ‚Werwölfe' gesagt, oder?"

Er lachte leise. „Ja."

„Okay, ich wollte nur sicher sein, dass ich mich nicht verhört habe."

„Ich gehe davon aus, dass es die dort, wo du herkommst, nicht gibt."

„Zumindest nicht, dass ich wüsste."

Wir müssen an hundert Straßenlaternen vorbeigekommen sein, bevor mir klar wurde, dass sie nicht elektrisch waren. Dem Aussehen nach waren es altmodische Gaslampen. Das entspannte mich aus irgendeinem Grund.

Einen Block weiter gingen die unbefestigten Straßen in Kopfsteinpflaster über, und die Bebauung wurde weniger spärlich. „Bruce hätte sich ein Restaurant näher an der Stadt leisten können, aber er wollte dort sein, wo seinesgleichen lebt. Werwölfe müssen in Eastwind vornehm tun, aber nicht in den Außenbezirken."

„Bruce war ein Werwolf?", fragte ich. Meine Gedanken wanderten zu seinen haarigen Unterarmen. Aber nein, ich hatte viele Männer mit behaarten Unterarmen getroffen, die *keine* Werwölfe waren.

Zumindest dachte ich das. Was wusste ich überhaupt?

„Ja. Aber er war nicht wie viele von ihnen. Werwölfe können irgendwie ..." Tanner sah sich um, um sicherzugehen, dass die Luft rein war, dann beugte er sich zu mir. „Sie können etwas widerborstig sein." Er richtete sich auf. „Aber nicht Bruce. Na ja, außer, wenn es um Jane ging. Aber egal. Ich will nicht schlecht über die Toten sprechen. Bruce war ein großartiger Typ. Mann, es fühlt sich komisch an, in der Vergangenheitsform über ihn zu sprechen." Er schüttelte den Kopf. „Er war einfach so ... wie sagt man? Voller Leben. Ja, ich denke, das ist es. Er war laut, freundlich und hat mit jedem Witze gemacht. Verdammt, selbst der Name des Diners ist einer."

„Medium Rare?"

Er nickte.

„Ich glaube, ich verstehe den Witz nicht."

„Ja, er musste ihn mir auch erklären. Ist so ein Werwolfding. Sie wollen immer, dass ihre Steaks blutig oder auf Englisch: *rare* sind, aber es ist ihnen peinlich, das zuzugeben. Es erinnert den Rest von uns daran, dass sie immer nur ein paar Sekunden davon entfernt sind, ein wildes Tier zu werden. Viele Hexen mögen das nicht. Mir ist es so oder so egal. Außerdem haben wir alle die Fähigkeit, gut oder böse zu sein, egal, was wir sind.

Wie auch immer, wenn Werwölfe ihr Fleisch blutig bestellen, ernten sie wohl finstere Blicke. Deshalb bestellen sie ihre Steaks immer medium rare. Es ist eine Art Insider-Witz. Bruce hat mir jedoch davon erzählt, sodass ich wusste, dass ich ‚rare' auf die Bestellung schreiben musste, wenn Werwölfe ihr Steak ‚medium rare' bestellen. Der Name lässt die Werwölfe rund um Eastwind auch wissen, dass sie in Bruce' Diner immer willkommen sind ... solange sie keinen Ärger machen."

„Das ergibt einen Sinn", sagte ich und fühlte mich ein wenig überwältigt von der Realität, dass die Werwolf-

Subkultur nun etwas war, dessen ich mir sozial bewusst sein musste.

Als Tanner abrupt stehen blieb und seinen Arm vor mir ausstreckte, blieb auch ich wie angewurzelt stehen. Er sah sich mit großen Augen um. „Etwas kommt", sagte er.

Ein Schauer lief mir über den Rücken, und ich konnte nicht atmen, bis eine dunkle Gestalt aus den Schatten auftauchte. Einen Moment lang dachte ich an die Gestalt, die auf der Straße aufgetaucht war und meinen Unfall verursacht hatte, der mich in diese seltsame Situation gebracht hatte. Aber als die Gestalt ins Licht der Straßenlaterne trat, wurde mir klar, dass ich mir keine Sorgen machen musste.

„*Du schon wieder*", sagte der riesige schwarze Hund. „*Typisch.*"

„Whoa", sagte Tanner und wich einen Schritt zurück. „Vorsicht, Nora. Könnte ein Höllenhund sein. Ich selbst habe noch nie einen gesehen, aber ich habe Beschreibungen gehört."

Ich sah ihn an, verwirrt über seine Sorge. „Es ist nur ein Hund", sagte ich. „Und es ist der Hund, der mich nach meinem Unfall geweckt hat. Er hat mir das Gesicht abgeleckt und ..." Ich winkte ab. „Egal. Der Punkt ist, dass er harmlos ist." Ich bot dem Hund meinen Handrücken an. „Komm her, Junge."

„Unhöflich", sagte der Hund. „*Soll ich dich einfach ‚Mädchen'* *nennen? Das glaube ich nicht.*"

„Oh, tut mir leid. Hast du einen Namen?"

Er ließ seinen dicken, massigen Hintern auf das Kopfsteinpflaster fallen. „*Nein. Aber darum geht es nicht.*"

„Worum dann?"

Tanner räusperte sich. „Ähm", sagte er vorsichtig. „Bist du, äh, ich weiß nicht, wie ich das sagen soll, ohne beleidigend zu sein. Führst du ein Gespräch mit diesem Hund?"

Ich blickte von Tanner zum Hund und dann zurück zu Tanner. „Ja. Ich meine, es ist kein tolles Gespräch. Er ist recht zickig." Den letzten Teil murmelte ich aus dem Mundwinkel, damit der Hund es nicht hörte.

Tanner trat einen Schritt zurück. „Ah. Okay. Lass mich dir beschreiben, was *ich* sehe." Warum redete er mit mir, als wäre ich verrückt? Sicher, ein sprechender Hund war seltsam, aber ich hatte gerade ein Gespräch mit dem Sensenmann über ein Bridgespiel geführt. Ein sprechender Hund wirkte im Vergleich dazu ziemlich normal.

Tanner fuhr fort. „Ich sehe, wie du mit diesem pelzigen Biest sprichst, und dann antwortet das große pelzige Biest mit einem nicht sehr freundlichen Knurren."

Ich hob eine Hand, um ihn zu unterbrechen, schloss die Augen und versuchte, es zu begreifen. „Willst du mir sagen, dass du ihn nicht sprechen hören kannst?"

Tanner schüttelte den Kopf, und ich drehte mich zu dem Hund um. „Warum kann er dich nicht sprechen hören?"

„*Ach, Kacke*", sagte der Hund. Er ließ sich fallen und legte seinen Kopf auf seine Pfoten. „*Das kann nicht passieren.*"

Tanner keuchte. „Ich weiß, was los ist! Nur ... dass ich noch nie davon gehört habe, dass es ein Hund ist. Oh, warte! Doch, das habe ich! Aber nur einmal."

„Wollt ihr mich einweihen? Wenigstens einer von euch?"

Tanner gackerte. „Ha! Ich hatte recht! Du bist eine Hexe!"

„Das meine ich nicht", sagte ich und verlor die Geduld.

„Er ist dein Vertrauter!", erklärte er. „Jede Hexe hat einen Vertrauten. Es ist ein Tier, das sich mit deiner Magie verbindet. Die Hexe und ihr Vertrauter können miteinander kommunizieren. Deshalb kannst du ihn hören, ich aber nicht."

„Oh. Hast du auch einen Vertrauten?"

„Ja. Sie bevorzugt es jedoch, Hauskatze zu sein, und weigert sich, mit mir zusammenzuarbeiten, da so viele meiner Gäste Werwölfe sind."

„Was?", sagte ich und starrte auf den Hund, der davon

nicht besonders begeistert zu sein schien. „Ich wollte schon immer ein Haustier."

„*Ich bin nicht dein Haustier*", korrigierte der Hund. „*Ich mache diese Domestizierungssache nicht. Tut mir leid, aber es tut mir nicht leid.*"

Tanner ging in die Hocke und sah den Hund an, der noch zehn Meter entfernt war. „Hey, Kumpel! Wer ist ein guter Hund? Willst du mit uns kommen?"

Der Hund stand langsam auf. „*Okay, erst einmal: nicht cool. Aber ich* bin *ein guter Hund.*" Er trottete hinüber und wedelte träge mit dem Schwanz. „*Dieser Typ darf mich dieses eine Mal streicheln, das war's dann aber, okay?*"

„Was immer du sagst", sagte ich und biss mir auf die Lippe, damit ich nicht über die mangelnde Selbstbeherrschung des Hundes lachte.

„Da ist er ja, guter Junge", gurrte Tanner und kraulte den Hund hinter den Ohren.

Der Hund stöhnte. „*Oh ja ... das ist die Stelle. Ein bisschen nach links.*"

Ich gab die Information an Tanner weiter, der dem Wunsch des Tiers nachkam.

Als der Hund ganz still da saß und Tanner mit dem Kraulen fortfahren ließ, warf er mir einen ernsten Seitenblick zu. „*Du erzählst niemandem, was du hier gesehen hast.*"

„Meine Lippen sind versiegelt."

Der Hund zuckte mit dem Bein und trat mit seiner gewaltigen Pfote auf den Boden, als Tanner die perfekte Stelle hinter seinen großen schwarzen Ohren fand. „*Gnahhhh*", stöhnte der Hund.

Okay, das bewegte sich jetzt offiziell auf unbehagliches Terrain. „Soll ich euch beide alleinlassen?", sagte ich schaudernd.

Die Implikation war für Tanner nicht sofort klar, aber bald

machte es Klick. Er riss seine Hand weg und taumelte vor dem Hund zurück.

„So habe ich definitiv nicht darüber gedacht", sagte er.

„Es war völlig platonisch! Oh, komm schon!"

„Du wirst Ruby lieben", sagte Tanner, als wir die Verandastufen zu ihrem Cottage hinaufstiegen.

Tanner hatte auf unserer Wanderung die Rolle des Reiseleiters gespielt und erklärt, dass der Brunnen, an dem wir im Fulcrum Park vorbeigekommen waren, von einer Quelle gespeist wurde und das Zentrum von Eastwind darstellte, und dass am nächsten Morgen das Eastwind Emporium – ein abgesehen von einem hohen Glockenturm leeres Grundstück –zu einem geschäftigen Bauernmarkt werden würde. Ich war nicht in der Lage, viele Details der hohen, alten Gebäude zu erkennen, die auf beiden Seiten von uns aufragten, als wir durch die Straßen von Eastwind gingen, aber ich sah genug, um zu wissen, dass der Ort bei Tageslicht aussehen würde wie ein wunderbares Märchen. Egal, was der nächste Tag bringen würde, ich war fest entschlossen, ein bisschen Sightseeing in der Stadt zu machen, sobald ich ein paar Stunden Schlaf bekommen hatte.

Ich war nicht sehr begeistert davon, Urlaub zu machen. Das ist wahrscheinlich keine Überraschung. Aber ich wollte schon immer mal mit dem Rucksack durch Europa reisen. Natürlich hatten meine Freunde, die das getan hatten – die sich vor dem College ein Jahr oder ein Semester währenddessen freigenommen hatten –, alle großzügige Wohltäter, die ihnen ihre „Selbstfindung" finanzierten; nämlich ihre Eltern. Das hatte ich nicht. Und ich hielt es nicht für das Klügste, weitere zehntausend Dollar Schulden aufzunehmen, als ich nicht sicher war, wie mein Leben nach der Kochschule aussehen würde (was ohnehin schon ein teures Unterfangen war).

Ich hatte es jedoch immer bereut, und jedes Mal, wenn ein Freund mit Bildern aus diesem kleinen italienischen Bergdorf oder diesem malerischen niederländischen Fischerdorf zurückkam, hatte mir das Herz wehgetan.

Hier war ich jedoch in einer Stadt, die wie jedes kleine belgische oder deutsche Dorf aussah, das ich je gesehen hatte … und ich wollte hier unbedingt wieder weg? Nur, weil es an diesem Ort von übernatürlichen Kreaturen wimmelte, die mich in Stücke reißen könnten? *Bitte!* Im Stadtbus durch Austin war ich größeren Gefahren ausgesetzt.

Und außerdem hatte ich Tanner. Er würde nicht zulassen, dass mir etwas passierte. Hoffentlich.

Er klopfte dreimal mit dem Klopfer an die Tür, dann schnitt er eine Grimasse, als hätte er etwas vergessen, und klopfte schnell zum vierten Mal. „Ruby mag es nicht, wenn man dreimal klopft. ‚Nur dunkle Dinge klopfen dreimal!', sagt sie immer."

„Hört sich bezaubernd an."

Ich fragte mich, ob Tanners Sarkasmus-Radar kaputt war, denn er nickte begeistert und sagte: „Absolut."

Der Hund ließ sich auf der Veranda nieder, rollte sich zu einem Ball zusammen und legte seine Schnauze auf seine Pfoten.

Als die Tür aufschwang, starrte uns eine kleine grauhaarige Frau aus eisblauen Augen an. Sie sah aus, als wäre sie um die siebzig, und trug ein mitternachtsblaues Nachthemd und flauschige Hausschuhe, die wie große Pfoten aussahen, nicht unähnlich denen meines angeblichen Vertrauten, nur dass ihre rot waren. Sie warf Tanner nur einen kurzen Blick zu, und als sie ihren Blick in meine Richtung richtete, konzentrierten sich ihre Augen auf den Raum um mich herum, anstatt mich direkt anzusehen. Schließlich nickte sie. „Das habe ich wohl dem Fünften Wind zu verdanken! Kommt rein, ihr zwei. Der Hund bleibt allerdings draußen."

„Ich hatte sowieso nicht vor, das Haus dieser seltsamen Lady zu betreten", murmelte der Hund. *„Das nennt man Überlebensinstinkt."*

„Der Hund ist aber Noras Vertrauter", sagte Tanner. „Sollte er ni–"

Ruby unterbrach ihn. „Nicht ohne ein Bad." Sie machte zwei hastige Schritte vorwärts, sodass Tanner und ich zur Seite gehen mussten, um zu vermeiden, dass sie mit uns zusammenstieß.

Sie drehte den Kopf und sah sich auf der dunklen Straße um, dann schien sie zufrieden zu sein und bedeutete uns schnell mit dem Arm einzutreten.

Das Innere des Hauses war dunkel und wurde nur von einem glühenden Kamin und zwei Lampen erhellt – eine war eine Wandleuchte in der angrenzenden Küche, die andere glühte auf einem alten Holztisch in der Mitte der Stube, in der wir sofort standen, als wir ihr Zuhause betraten. Das Licht wurde von den unzähligen Gegenständen reflektiert, die von der Decke hingen – Glocken aus Messing, Silber und Marmor, Traumfänger, winzige Holzschnitzereien an Ketten, ein Kruzifix und zwei Dutzend Stücke sonstiger, nicht identifizierbarer Nippes. Ich ging zögernd unter ihnen hindurch, unsicher, was ihr Zweck war. Einige hingen so tief, dass ich mich ducken musste, damit sie mir nicht ins Gesicht schlugen. Doch nichts hing so tief, dass Rubys Kopf in Gefahr gewesen wäre, und sie schlurfte durch die Stube und nahm die Lampe vom Tisch, als sie zu einer schmalen Treppe auf der gegenüberliegenden Seite des Raumes ging. „Das Zimmer ist oben. Kommt."

Das tat ich, und Tanner folgte mir, wofür ich dankbar war, denn ich fand dieses Haus ausgesprochen gruselig.

Die Treppe knarrte unter unseren Füßen, als wir in den ersten Stock hinaufgingen, an einer Tür am Treppenabsatz vorbeikamen und einen weiteren Treppenabsatz in den zweiten Stock hinaufstiegen. Die Treppe endete in einer Sackgasse an einer schweren Holztür mit einem rostigen Metallgriff, und Ruby musste mit beiden Händen drücken, damit er sich bewegte. Die Tür öffnete sich mühsam, und ich warf einen Blick hinein, besorgt darüber, was mich erwarten könnte.

Doch wie sich herausstellte, entsprach ihr Gästezimmer nicht der Ästhetik des restlichen Hauses. Die Holzböden sahen neu aus, und die Wände waren hell – ich konnte in der Dunkelheit nicht genau erkennen, welchen Farbton sie hatten, aber ich sah, dass sie nicht so dunkel waren wie der Rest des Hauses.

Auf der anderen Seite des Raumes war ein großes Fenster mit Blick auf die Straße. Die Vorhänge waren zurückgezogen, und Mondlicht strömte herein. Ich kicherte und dachte darüber nach, wie viel Geld meine Freunde vielleicht ausgegeben hätten, um in einem Airbnb wie diesem in Frankreich oder den Niederlanden zu übernachten.

Ja, das würde reichen.

„Das Bad ist im Erdgeschoss. Ich koche jeden Morgen pünktlich um sieben eine Kanne Tee. Ich esse jeden Morgen eine Scheibe Toast mit Marmelade und zwei Streifen Speck, und wenn du möchtest, mache ich gern auch welchen für dich.“

„Das klingt perfekt. Vielen Da-”

„Schlaf gut, und wenn du hörst, dass irgendwas dreimal an deine Schlafzimmertür klopft, dann mach, bei allem, was irdisch ist, nicht auf!” Sie drehte sich um, verließ das Zimmer und ließ mich mit offenem Mund zurück. Ich wandte mich Tanner zu. „Ist das ihr Ernst?"

„Oh ja", sagte er. „Ruby weiß, wovon sie spricht."

Ich dachte an die Gegenstände, die an der Decke der Stube hingen. „Bist du sicher? Weil die Zimmerdecke unten einer Episode *Leben im Chaos* würdig wäre." Kaum hatte ich es ausgesprochen, wusste ich, dass Tanner kein Wort verstehen würde. „Vergiss es. Ich verspreche, dass ich die Tür nicht öffnen werde, wenn es dreimal klopft. Vor allem, weil ich vorhabe, so tief zu schlafen, dass Ruby vielleicht kurz davorstehen könnte, Ted zu rufen, um mich abzuholen."

„Das verstehe ich. Ich bin so erledigt, dass ich nicht einmal weiß, ob ich es nach Hause schaffe, bevor ich einschlafe."

Mein Blick wanderte zu dem französischen Himmelbett, und der Opportunist in mir erwachte. „Ich fände es schrecklich, wenn du auf dem Weg einschlafen und von einem Werwolf gefressen würdest ..." Ich lächelte ihn sanft mit hochgezogenen Augenbrauen an und forderte ihn auf, die Lücke auszufüllen.

„Oh, ähm." Er räusperte sich schnell. „Nein, ich denke, ich werde schon klarkommen. Ich bin sowieso mit den meisten Werleuten in der Stadt befreundet. He, he." Er grinste breit. „Nun ... es war schön, dich kennenzulernen, Nora. Bis bald?"

Verdammt! Abgewimmelt. „Ja. Es war auch schön, dich kennenzulernen, Tanner. Vielleicht komme ich morgen zum Mittagessen vorbei."

Seine verhangenen Augen leuchteten. „Das wäre großartig!"

Ich hatte ihn mit meinem subtilen Flirtversuch nicht ganz vergrault. Das war ein kleiner Sieg. Ich schätze, ich konnte immer einen Freund gebrauchen. Einen wunder-wunderschönen Freund.

„Nacht", sagte er. „Ähm ..." Er reichte mir die Hand.

Uff. Ein Gute-Nacht-Händedruck? Streu nur weiter Salz in die Wunde.

Aber ich machte mit. Nur, als ich meine Hand in seine legte, schüttelte er sie nicht, sondern führte meine Hand zu seinem Gesicht und drückte einen sanften Kuss auf den Handrücken.

Mir wurde schwindelig.

Bitte lass das keinen platonischen Brauch in Eastwind sein, dachte ich.

Er starrte mich an, während sich seine Lippen von meiner Haut lösten, und ... Was zum Teufel war *das* für ein Blick? Ich meine, ich kannte diesen Blick. Ich hatte ihn schon einmal in den Augen von Männern gesehen, nur nicht von Männern, die nur Sekunden zuvor meine Einladung, die Nacht mit mir zu verbringen, abgelehnt hatten, bevor sie überhaupt begonnen hatte. Konnte er tatsächlich so interessiert sein, wie dieser Blick andeutete?

Meine Güte, wenn er ein Werwolf wäre, hätte ich mit dem Hunger in seinen haselnussbraunen Augen vielleicht gedacht, dass er mich fressen wollte.

Ich erinnerte mich daran, wieder zu atmen, als er meine Hand losließ und zur Tür ging, um zu gehen.

„Tanner", sagte ich schnell.

Er blieb stehen und drehte sich um. „Ja?" In seiner Stimme lag ein Hauch von Hoffnung, und ich hatte das Gefühl, dass er Ja gesagt hätte, wenn ich ihn in diesem Moment gebeten hätte zu bleiben.

Aber ich tat es nicht. „Deine Jacke." Ich zog sie aus, und sein angespannter Gesichtsausdruck wurde weicher.

„Oh, richtig."

Ich reichte ihm das schwere Kleidungsstück, und er lächelte mich an und ging ohne ein weiteres Wort.

Kapitel Fünf

Ich schreckte auf, war mir aber nicht sicher, warum. Ich hatte keinen Alptraum gehabt, hatte kein Klopfen an der Tür gehört (Gott sei Dank!) und das Zimmer war immer noch dunkel, also war Tageslicht nicht der Übeltäter gewesen. Dennoch war ich hellwach.

Jeder Teil meines Körpers war in Habachtstellung, als wäre ein neuer Sinn in mir erwacht. Es war nicht wirklich eine Berührung, aber es fühlte sich so an, nur innerlich. Mein Körper sendete klare Signale an mein Gehirn, dass da etwas war. Ich starrte an die Decke und wusste schon einigermaßen, was mich erwarten würde, als ich mich aufsetzte und zu dem Sessel in der Ecke des Zimmers blickte. Ich wusste nicht, woher ich es wusste, aber ich wusste, dass ich es wusste.

Und jetzt höre ich mich an wie eine Verrückte.

Aber warten Sie nur, es wird noch schlimmer.

Mit Mühe rutschte ich auf dem Bett nach oben, bis mein Rücken das Kopfteil berührte, und ich dem Mann gegenübersaß, der sich auf dem Sessel niedergelassen hatte. „Hallo."

Er lächelte, und ich fühlte mich etwas weniger ängstlich.

Es war das gleiche Lächeln, das er mir zugeworfen hatte, als ich das Medium Rare zum ersten Mal betreten hatte. Nur, dass es jetzt ein wenig durchsichtig war. „Es tut mir leid, dass ich einfach so reingekommen bin. Ich hätte geklopft, aber ...“ Er hielt seine Hände hoch, die bei der Bewegung durchsichtig wurden wie Rauch und dann deutlicher zu erkennen waren, als die Bewegung aufhörte.

„Ich hätte sowieso nicht aufgemacht“, antwortete ich ehrlich.

„Es ist eine Schande, dass wir uns auf diese Weise treffen müssen. In dem Moment, als ich dich durch die Tür kommen sah und du stehen geblieben bist, um die Düfte des Diners einzuatmen, dachte ich: Da ist eine Frau, die ich gern kennenlernen würde.“

Das war verdammt viel zu verarbeiten für mich. Zum einen war ich mir absolut sicher, dass ich mich mit einem Geist unterhielt. Ich meine, okay, ich zog die Möglichkeit in Betracht, dass ich verrückt war, vollkommen gaga. Aber das Problem ist: Verrückte wissen normalerweise nicht, dass sie verrückt sind. Ob mein Gehirn in meinem Schädel herumgeschüttelt worden war, als ich mit meinem Auto gegen einen Baum gefahren bin, oder ob das tatsächlich so passierte, wie ich es sah, wurde irgendwie irrelevant. Das war meine Realität, ob es real war oder nicht. Also beschloss ich, es zu akzeptieren. Für den Moment.

Das Einzige, was ich jedoch nicht akzeptieren würde, war Bruce' schmierige Flirtversuche. „Wenn du einfach zur Sache kommen könntest, wäre das fantastisch. Ich würde gern noch ein bisschen schlafen, und es ist schon gruselig genug, dass du hier reingeflattert bist, um mir beim Schlafen zuzusehen, ohne dass du auch noch versuchst, mich anzubaggern.“

Er hob seine geisterhaften Hände in gespielter Kapitulation hoch. „Also gut. Ich brauche deine Hilfe.“

Ich nickte und versuchte, mir nicht anmerken zu lassen, wie erleichtert ich war, dass seine Antwort nicht „Ich bin hier, um dich zu töten" gewesen war.

Warum zog mein Verstand das als Möglichkeit in Betracht? Vielleicht, weil ich gerade in einem seltsamen, dunklen Raum aufgewacht war, in dem ein Geist herumschlich, sodass mein rationales Denken nicht ganz so mitspielte, wie mir lieb gewesen wäre. Ich wäre also ausgesprochen dankbar für ein bisschen Nachsicht.

„Ich weiß nicht, warum du denkst, ich sei die Richtige dafür", sagte ich. „Ich weiß nichts über dich oder diese seltsame Stadt."

„Du bist die Richtige, weil du die einzige Person in dieser *seltsamen Stadt* bist, mit der ich kommunizieren kann."

„Warte, im Ernst?"

„Nun, technisch gesehen gibt es noch eine weitere Person, aber sie möchte nicht gestört werden. Das heißt also, du bist es."

„Du willst also meine Hilfe, weil ich buchstäblich deine einzige Option bin."

„Ganz genau."

„Hm." Ich hielt inne und starrte auf die Bettdecke mit Lilienmuster. „Ich weiß ehrlich gesagt nicht, wie ich mich dabei fühle." Ich sah zu ihm auf. „Es ist irgendwie beleidigend."

„Ermordet zu werden auch", sagte er trocken.

„Touché. Apropos, willst du mir sagen, wer das getan hat, damit ich die Nachricht an Deputy Manchester weitergeben kann?"

Er zuckte zusammen. „Ja, weißt du, das ist das Problem. Ich weiß nicht, wer es getan hat. Ich habe denjenigen nicht gesehen."

„Das ist scheiße."

„Kannst du laut sagen."

Jetzt, wo der anfängliche Schock nachgelassen hatte, wurden meine Augenlider schwer. „Wie wäre es damit: Du lässt mich noch ein paar Stunden schlafen, und ich werde morgen früh mit der Aufklärung deines Mordes anfangen – auch wenn ich keinerlei Erfahrung in solchen Dingen habe."

Er rieb sich das Kinn, aber seine Fingerspitzen fuhren durch die Stelle, wo sein Kinn erschien. „Damit kann ich leben. Ugh. Du weißt, was ich meine."

„Oh, und noch was", fügte ich hinzu.

Er nickte erwartungsvoll. „Ja?"

„Versprich mir, dass du mich nicht weiter beobachtest, während ich schlafe."

„Ich glaube, du hast einen falschen Eindruck von mir", protestierte er.

„Wenn ja, dann nur, weil das der Eindruck ist, den du vermittelst."

„Du hast ein feuriges Temperament, nicht wahr?" Er grinste, und seine Nasenflügel blähten sich, obwohl er nicht wirklich in der Lage war, zu schnauben.

„Wenn ich dich nicht weiter für einen Filou halten soll, dann hör auf, dich wie einer zu benehmen."

Ich rutschte auf der Matratze vor, ließ mich zurück auf mein Kissen fallen und zog mir die Decke über den Kopf.

Er verstand den Hinweis, denn als ich einen Moment später einen Blick auf den Sessel warf, war er leer.

„Du siehst furchtbar aus", sagte Ruby am nächsten Morgen anstelle einer angemessenen Begrüßung. Laut der Analoguhr auf meinem Nachttisch schleppte ich mich um halb sieben in die Stube und hoffte, dass ich den Tee nicht verpasst hatte. Ich brauchte Tee. Literweise. Sie stand mit dem Rücken zu mir, füllte ihre Tasse auf und goss mir auch eine ein. Sie trug ihr mitternachtsblaues Nachthemd nicht mehr, sondern war stattdessen in mehrere Lagen Morgenmäntel gekleidet, von denen jede Schicht einen ausgewascheneren Braunton hatte als die andere. Der Stoff flatterte um ihre Knöchel, als sie durch die Küche ging, die kaum mehr als eine Ecke der großen Stube war, die den größten Teil des Erdgeschosses einzunehmen schien.

Tee war nett, aber was ich wirklich hätte gebrauchen können, wäre ein doppelter Espresso. Doch wenn es die in dieser Stadt überhaupt gab, war Rubys Haus wahrscheinlich nicht der richtige Ort, um welchen zu finden. Sie schien mir der Typ Mensch zu sein, der sein ganzes Leben lang jeden Morgen die gleiche Teesorte trank.

„Ich habe letzte Nacht nicht besonders gut geschlafen", sagte ich und hatte aus irgendeinem Grund das Gefühl, dass ich ihr eine Erklärung für mein zerzaustes Aussehen schuldig war. „Und normalerweise dusche ich morgens nach dem Aufstehen erst."

„Oh, wir duschen hier nicht", sagte Ruby, immer noch mit dem Rücken zu mir. „Das ist Wasserverschwendung."

„Ihh", sagte ich impulsiv. „Ich meine, ähm ..."

„Nein, nein, das habe ich auch erst gedacht. Aber so ist es viel besser. Magie funktioniert genauso gut. Ich zeige es dir nach dem Frühstück. Ich muss mich nicht einmal ausziehen."

Ich war fasziniert und, ich gebe zu, erleichtert, dass ich mich nicht irgendwo im Erdgeschoss ihres Hauses ausziehen musste. Die Decke mit all den baumelnden Totems jagte mir immer noch eine Gänsehaut über den Rücken.

„Der Speck ist inzwischen vielleicht ein bisschen kalt, aber bedien' dich", sagte sie, als ich einen schweren Holzstuhl am Esstisch herauszog, dessen Beine geräuschvoll über den trockenen Holzboden kratzten.

Als ich dann nach einem Stück Speck (knusprig, genau so, wie ich es liebe) griff, das in der Mitte des Tischs lag, fügte sie hinzu, als wäre es nichts weiter als Smalltalk: „War es Bruce Saxon?"

Mein dringendes Bedürfnis nach Koffein ließ spontan nach, als ihre Erwähnung meines nächtlichen Besuchers mich aus meinem morgendlichen Nebel riss. „Ja. Wie haben Sie das erraten?"

Sie brachte den Tee herüber, stellte die Tasse vor mir ab, dann zog sie lautlos ihren Stuhl vor und ließ sich für ihr Alter anmutig nieder. „Weil er es zuerst bei mir versucht hat. Ich habe ihm natürlich gesagt, dass er verschwinden soll, weil ich nicht allen helfen kann, die Probleme zu lösen, die sie sich selbst einbrocken. Ich habe ihm gesagt, er soll den Flur runter nachsehen, falls er eine Schulter zum Ausweinen braucht. Hört sich an, als hätte er auf mich gehört."

„Ich verstehe nicht ganz."

Ruby betrachtete mich über den Rand ihrer Teetasse hinweg, als sie sie ansetzte und daran nippte. Langsam stellte sie sie auf die Untertasse und wiegte sie zwischen ihren Händen. „Ich denke, daran führt kein Weg vorbei. Ich kann nicht in den Ruhestand gehen – ich meine nicht wirklich –, ohne einen Nachfolger auszubilden."

„Einen Nachfolger wofür?"

Sie seufzte. „Ich bin Eastwinds bevorzugtes Medium, seit ich selbst vor etwa, oh, etwa fünfzig Jahren über diesen Ort gestolpert bin. Betrachte das nicht als Prahlerei mit meinen Fähigkeiten. Der Hauptgrund, warum ich das bevorzugte Medium war, ist, dass ich das einzige Medium war. Bis jetzt." Sie lächelte mich an, tiefe Falten tanzten um ihre Augenwinkel. „Mein Versuch, in den Ruhestand zu gehen, war bis jetzt nicht der erfolgreichste, aber jetzt bist du ja hier. Jetzt kannst du diejenige sein, die Tag und Nacht von denen belästigt wird, die den Wink nicht verstehen, durch den Schleier zu gehen."

Ich war mir nicht sicher, ob ich richtig gehört hatte. Denn soweit ich es verstanden hatte, hatte sie gerade angedeutet, dass ich ein Medium war. Und obwohl ich zugebe, dass ich Bruce letzte Nacht gesehen habe, was als unterstützendes Beweismaterial eingestuft werden könnte, war ich mir ziemlich sicher, dass ich schon vor letzter Nacht Geisterbegegnungen gehabt hätte, wenn ich tatsächlich ein Medium wäre.

Außerdem gab es in dieser Stadt Faune. Konnten hier also nicht auch Geister herumlaufen, die jeder sehen konnte? Seltsam ist seltsam, oder?

„Ich bin kein Medium", sagte ich. Um fair zu sein, ich wollte wirklich, dass das die Wahrheit war, und ich dachte, es könnte helfen, es auszusprechen. Ich denke, Oprah hat mal was in diese Richtung gesagt, oder? Deine Gedanken machen Dinge wahr? Nun, ich hatte selten Zeit, mir Oprah anzuschauen, also hatte ich das hauptsächlich von den Kellnern um mich herum aufgeschnappt, die sie immer dann wiederkäuten, wenn ich besonders zynisch war. „Ich bin nichts Besonderes. Ich bin nur ein Mensch, und ich muss wirklich einen Weg finden, nach Hause zu kommen."

Ruby neigte sanft den Kopf zur Seite und lächelte mich traurig an. „Oh Liebes, du wirst nicht nach Hause kommen. Es tut mir leid, dass ich dir das sagen muss."

Und ich dachte, *ich* konnte manchmal zynisch sein. Meine Güte! „Ich *muss* nach Hause. Ich habe ein Geschäft zu führen und –"

Sie hatte gerade an ihrem Tee genippt, als ich zu reden begonnen hatte, doch jetzt senkte sie langsam ihre Tasse, räusperte sich und unterbrach mich. „Hexen können nach Eastwind kommen und es verlassen, wie es ihnen gefällt … solange sie nicht über den Fünften Wind hereinkommen, wie es bei dir der Fall war."

„Es tut mir leid. Ich möchte nicht unhöflich sein – schließlich haben Sie mich hier übernachten lassen –, aber immer langsam mit den jungen Pferden. Erklären Sie es mir, als wäre ich geistig minderbemittelt."

Sie lächelte, aber ich spürte Ungeduld dahinter. „Natürlich Liebes, aber zuerst einmal lassen wir das mit dem Sie, das brauchen wir hier wirklich nicht. Es gibt vier Winde, die alle, unabhängig davon, welcher Art sie angehören, auf der Haut spüren können. Den Nordwind, den Südwind, den Westwind und, der Namensgeber unserer gefährlichen, aber geliebten Stadt, der Ostwind. Jeder ist mit einer Jahreszeit und einem Element verbunden. Und jede Hexe kann einen dieser Winde und alle seine Kräfte nutzen. Aber obwohl du definitiv eine Hexe bist, bist du keine Pyromantin des Südwinds oder Aeromantin des Nordwinds. Du, Nora, beherrschst keinen der vier Winde."

Ich verkniff es mir, sarkastisch zu sagen: „Du meinst, weil ich keine Hexe bin?"

Sie fuhr fort. „Du bist vom *Fünften Wind*, von der Kälte, die du auf deiner Haut spürst, die aus keiner irdischen Richtung kommt. Hexen wie du und ich sind selten, vor allem weil wir so mächtig sind, aber auch, weil es so schwierig ist, sie zu erschaffen. Darf ich dich etwas Persönliches fragen, Nora?"

War das nicht schon persönlich? Für mich fühlte es sich zumindest verdammt persönlich an. Die Frau wusste mehr über mich als ich selbst. „Sicher."

„Was ist das Letzte, woran du dich erinnerst, bevor du in Eastwind aufgewacht bist?"

„Ich bin die Straße entlanggefahren und an einem Schild nach Eastwind, Texas, vorbeigekommen und –"

Sie hob eine Hand, und ich hielt mit offenem Mund inne.

„Ja, also …", sagte sie, „wie wäre es, wenn ich dir das Letzte erzähle, woran ich mich erinnere, bevor ich in Eastwind aufgewacht bin?"

„Du bist nicht hier zur Welt gekommen?"

Sie schüttelte den Kopf. „Ich komme aus Illinois. Es war Februar. Ich war neunundzwanzig Jahre alt und auf dem Weg nach Hause, nachdem ich einen befreundeten Gentleman besucht hatte. Eastwind, Illinois, war eine der kleinen Städte, durch die ich auf meinem Weg gekommen bin." Sie nippte an ihrem Tee, während ihre Aufmerksamkeit zur Luft über meinem Kopf wanderte und die Falten um ihre Augen vor ruhiger Nostalgie weicher wurden. „Ich konnte durch den Schnee kaum einen Meter vor mir sehen, also bin ich vorsichtig gefahren, aber scheinbar nicht vorsichtig genug. Plötzlich war da eine dunkle Gestalt auf der Straße vor mir. In dem Sekundenbruchteil zwischen Sehen und Ausweichen war ich vollkommen verwirrt. Inmitten all des Weiß' war die Gestalt tiefschwarz. Und sie stand da, als hätte sie mich erwartet. Bewegte keinen Muskel, als mein Auto direkt auf sie zugefahren ist." Sie schüttelte den Kopf, und ihr Blick kehrte zu mir zurück. „Ich bin mit irgendwas zusammengestoßen, ich konnte nicht sagen, was es war, und dann bin ich am Rande der Außenbezirke aufgewacht, und der Schnee war weg. Dasselbe galt für meinen Studebaker. Hört sich das bekannt an?"

Du meine Güte. Ich wusste nicht, was ich sagen sollte. Ja, es kam mir bekannt vor.

Okay, vielleicht würde ich mir anhören, was Ruby zu sagen hatte. Vielleicht wusste sie tatsächlich das eine oder andere. „Seitdem sind Sie hier?"

„Du. Und ja. Und ich habe langsam die Fähigkeit entdeckt, die du jetzt auch hast. Ich konnte Geister sehen."

Ich schnitt eine Grimasse. „Das ist nicht das, was jeder kann?“

„Nein, Nora. Das ist es nicht. Die einzigen Lebenden, von denen ich weiß, dass sie Geister sehen können, sitzen an diesem Tisch.“

„Verdammt.“

Ruby verdrehte die Augen. „Du hast ja keine Ahnung. Aber lass mich dich etwas fragen. Hattest du eine Familie, bevor du hierhergekommen bist?“

Ich schüttelte schnell den Kopf.

„Was ist mit einem Freund?“

Ich dachte an Neil, doch dann schüttelte ich erneut den Kopf.

„Und lass mich raten, du hattest nie das Gefühl, in jener Welt irgendwo hinzugehören. Du hast dich gezwungen gefühlt, einen Ort für dich zu erschaffen, an dem du ein wesentlicher Bestandteil warst und an den du hingehört hast. Einen Ort, der ohne dich nicht funktioniert hätte.“

Das geschäftige Treiben im Chez Cœur ging mir durch den Kopf. „Du bist wirklich gut.“

Sie winkte ab. „Das ist nicht so schwer zu erraten. Du hattest das Gefühl, nicht dazuzugehören, und du hast dich dort nicht mit Romantik oder Familie verankert, weil das nicht der Ort war, an dem du sein solltest. Dein Leben hat dich hierhergeführt. Und ich weiß, das ist erst einmal viel zu verdauen, aber ich spreche aus fast fünfzig Jahren Erfahrung in dieser Stadt. Hier sollst du sein. Diese Stadt hat auf dich gewartet. Hier sollst du dich niederlassen und einen netten Mann finden“, sagte sie gedehnt und hob langsam eine Augenbraue.

Die Erinnerung daran, wie Tanner zwei Teller Kuchen vor mir abgestellt hatte, stieg in mir hoch. Ich konnte die warme Kruste fast riechen und fühlte mich, als wäre ich gerade nach einer lebenslangen Geschäftsreise nach Hause gekommen.

„Gibt's hier Kaffee?", fragte eine Männerstimme und riss mich aus meinem Traum. „Ich bin kein großer Teetrinker."

Der Geist von Bruce Saxon trat durch die geschlossene Haustür in die Stube des True-Hauses.

„Du bist jetzt kein großer Trinker von irgendwas mehr, Bruce. Du bist tot", erinnerte Ruby ihn.

Sie zog einen Stuhl am Tisch heraus, da er es nicht selbst tun konnte, und er setzte sich, wobei sein Po ein Stück weit in der Sitzfläche versank. Er verschränkte die Arme vor der Brust. „Mist. Ich glaube, du hast recht. Das vergesse ich immer wieder."

„Ich gehe davon aus, dass wir dir bei etwas anderem helfen können", sagte Ruby.

„Wie zum Beispiel?", sagte er, doch dann erinnerte er sich, bevor Ruby antworten konnte. „Oh, richtig! Der Mord. Ja. Du musst herausfinden, wer mich ermordet hat."

Er hatte mit Ruby gesprochen, aber sie schüttelte den Kopf und zeigte auf mich. „Das habe ich dir schon gesagt, Bruce. Ich bin im Ruhestand. Das ist jetzt dein Mädchen."

Ich zeigte lautlos auf mich. „Ich? Ich habe ihm schon gesagt, dass ich keine Ahnung von der Aufklärung von Mordfällen habe."

„Großartig", brummte Bruce missmutig.

„Das tust du auf jeden Fall, Liebes", sagte Ruby. „Es ist Teil des Jobs. Als Meister des Fünften Windes hast du eine starke Verbindung zu den Sternen. Du kann die Zeichen lesen."

„Du meinst Astrologie?", fragte ich zweifelnd. Ich bin mir nicht sicher, warum Astrologie nach allem, was ich seit meiner Ankunft in Eastwind gesehen und gehört hatte, der Tropfen war, der das Fass zum Überlaufen brachte, wenn es darum ging, meinen Unglauben aufzugeben.

„So in der Art, nur, dass du Astrologie nicht *studiert* hast. Es ist eine komplizierte Wissenschaft, deren Beherrschung Jahre dauert. Was jedoch kein jahrelanges Lernen erfordert, ist deine Intuition und dein logisches Denken. Du bist gut darin, Muster zu erkennen. Eines Tages wird dir das erlauben, Zeichendeutung zu lernen, aber vorerst macht es dich nur ein bisschen schlauer als die durchschnittliche Hexe in einer solchen Situation."

„Lass mich das zusammenfassen", sagte ich. „Ich kann nicht all den lustigen Hexenkram machen, den man in Filmen sieht, sondern muss stattdessen eine Privatdetektivinnenhexe sein?"

„Das fasst es recht gut zusammen. Ich freue mich zu sehen, dass du es endlich kapierst."

Ich wandte mich Bruce zu. „Wenn ich mich weigere, dir zu helfen, was wirst du dann tun?"

Er zuckte mit den durchsichtigen Schultern. „Dich heimsuchen, schätze ich. Wenn ich jetzt eines habe, dann ist es Zeit."

Ich warf Ruby einen Blick zu, die mich ansah, als wolle sie sagen: „Siehst du, womit ich mich rumschlagen muss?"

Ich stöhnte, trank einen großen Schluck Tee und lenkte dann ein. „Also gut. Was ist das Letzte vor deinem Tod, an das du dich erinnerst?" Ich ignorierte Rubys schlecht unterdrückte Jubelgeste.

„Ich war fast fertig mit dem Braten eines Steaks in der Küche des Medium Rare, als ich hätte schwören können, dass ich die Hintertür des Restaurants zuschlagen hörte. Ich dachte, es wäre Tanner, aber eine Sekunde später ist er in die Küche gestürmt gekommen und direkt auf die Angestelltentoilette zu gerannt, die in derselben Richtung wie die Hintertür ist.

In den Tagen davor habe ich seltsame Geräusche gehört, aber das waren eher verzerrtes Summen und Winseln, manchmal murmelnde Stimmen, kein lautes Krachen von Türen. Also habe ich das Steak mit den Eiern auf einem Teller angerichtet und mich auf die Suche gemacht. Ich ging durch die Küche, habe im Vorratsraum und im Kühlraum nachgesehen, konnte aber nichts entdecken. Dann bin ich in mein Büro gegangen und dann … war alles schwarz."

Ich sah Ruby an, der es offensichtlich schwerfiel, den Mund zu halten. Sie schien sich noch nicht an den Ruhestand gewöhnt zu haben.

Ich versuchte, an die wenigen Folgen von Law & Order zurückzudenken, die ich in meiner Freizeit gesehen hatte.

Sie halfen nicht.

Aber ich erinnerte mich an etwas, das nützlich war: Mittel, Motiv und Gelegenheit. Ein Mörder brauchte alle drei.

„Kennst du jemanden, der dich tot sehen wollen würde?", fragte ich.

Bruce dachte darüber nach und verzog das Gesicht, als hätte er Schmerzen. „Das glaube ich nicht. Ich meine, ich weiß, dass Jane mich hasst, aber ich hätte nicht gedacht, dass sie mich töten möchte. Sie war eher der Typ, der wollen würde, dass ich leide. Tod wäre zu einfach."

„Wer ist Jane?", fragte ich.

„Meine Ex-Frau."

Ich warf Ruby einen Blick zu. Sie nickte.

„Okay. Ich werde dort anfangen, denke ich. Wo kann ich sie finden?"

„Sie ist Managerin in der kleinen Pizzeria in der Innenstadt. Ich glaube, sie heißt Franco's Pizza. Früher war sie die Managerin im Medium Rare, aber das war natürlich nicht mehr drin, nachdem sie aufgehört hat, mich zu lieben, und angefangen hat, mich zu hassen. Wenn die Leute in dieser Stadt gutes Essen wollen, gehen sie entweder ins Medium Rare oder zu Franco's Pizza. Das ist definitiv unsere größte Konkurrenz. Sie hätte einen Job in einem von Dutzenden kleiner Cafés oder Restaurants in der Stadt annehmen können, aber sie ging dorthin, und ich bin mir absolut sicher, dass sie es nur getan hat, um mich zu ärgern. Sie wusste, dass ich nicht wollen würde, dass sie bei Franco's Pizza arbeitet."

„Und deine Ex-Frau. Sie ist eine ..." Ich ließ den Satz hängen, da ich nicht unhöflich sein wollte, indem ich fragte, welcher Spezies sie angehörte.

„Bitch", sagte er.

„Das ist nicht sehr nett", bemerkte ich.

„Hm?" Er schien wirklich verwirrt zu sein. „Aber es ist wahr. Sie ist ein weiblicher Werwolf."

„Hier nennt man sie Bitches oder Hündinnen", sagte Ruby sanft. „Ich weiß, es hat auch eine Weile gedauert, bis ich mich daran gewöhnt habe."

Ich schaute zwischen den beiden hin und her und fragte mich, ob man sich mit mir anlegen wollte. „Okay. Ähm, ich hoffe, es ist in Ordnung, wenn ich sie einfach weiblicher Werwolf nenne."

Bruce zuckte mit den Schultern, als wäre es ihm völlig egal.

Ich trank den Rest meines Tees. „Dann mache ich wohl mal los." Ich stand vom Tisch auf.

Ruby tat es auch. „Nicht, bevor du dich ein bisschen frisch gemacht hast, Liebes."

„Oh, richtig."

„Du" – sie zeigte auf Bruce – „warte hier. Und du" – sie zeigte auf mich – „komm mit."

Sie führte mich ins Badezimmer, das bemerkenswert sauber war. Ich hatte erwartet, dass es schmutzig sein würde, wenn man den Zustand des restlichen Erdgeschosses bedachte, obwohl, wenn ich genauer darüber nachdachte, unten nichts schmutzig war, es war nur alt, dunkel, und diese Dinger hingen von der Decke ... Ugh. Ich fand sie wirklich gruselig.

„Geh da rein", sagte sie und deutete auf einen kleinen

Raum, der einer Dusche bemerkenswert ähnlichsah, nur, dass es keinen Abfluss gab.

Ich fing an, meinen Mantel auszuziehen.

„Nein", sagte sie. „Behalt den an. Du wirst nicht nass. Anders als unsere Heimatwelt verschwendet Eastwind kein Wasser."

„Oh, ähm. Okay."

Wo in einer normalen Dusche ein Duschkopf gewesen wäre, ragte direkt über meinem Kopf ein glatter Holzknopf aus der Wand.

„Was jetzt?", fragte ich.

„Jetzt nichts. Lass ihm einfach eine Minute Zeit, um zu entscheiden, wie er mit deiner speziellen Art von Schmutz umgehen sollte."

„Oh wow, das ist nett."

Plötzlich fühlte es sich an, als würde warmes Sonnenlicht jeden Zentimeter meines Körpers berühren. Das Gefühl war belebend und begleitet vom Duft von Lilien und etwas anderem ...

„Der Duft von Salbei gehört einfach dazu", sagte Ruby, als würde sie meine Gedanken lesen. „Nebenwirkung von magischen Gegenständen, die von Hexen hergestellt werden. Aber es lässt nach, sobald du dich ein bisschen auslüftest."

„Das war's?" Ich blickte auf meine Kleidung hinunter, die plötzlich faltenfrei war, obwohl ich mangels anderer Optionen sowohl im Top als auch in der Hose geschlafen hatte.

„Das war's. Und ich habe hinten einen Schlauch im Garten, der genau so funktioniert, falls du Zeit hast, deinen stinkenden Vertrauten sauberzumachen."

„Danke", sagte ich, obwohl ich von meinem Spiegelbild abgelenkt war. Mein strähniges Haar war plötzlich frisch und voll. „Es besteht eine gute Chance, dass die letzten zwölf Stunden eine lange Halluzination waren", sagte ich und fuhr mir mit dem Finger durch mein sauberes Haar, „aber wenn dem so ist, kann sie gern länger andauern, da es bedeutet, dass ich Dinge wie magische Duschen ausprobieren kann."

Sie kicherte. „Wenn du nicht aufpasst, wird Eastwind ein Mädchen wie dich verwöhnen. Ich weiß das, weil es ein Mädchen wie mich ganze zehn Jahre lang verwöhnt hat, bevor ich es geschafft habe, mich nicht mehr so wichtig zu nehmen."

Ruby führte mich zurück in die Stube und sagte dann: „Ich sollte besser Clifford füttern."

„Wen?", fragte ich.

„Clifford. Meinen Vertrauten."

„Du hast einen Vertrauten?"

Ruby und Bruce warfen mir einen herablassenden Blick zu. „Natürlich", sagte sie. „Alle Hexen haben Vertraute. Allerdings ist Clifford kein Frühaufsteher. Er scheint sich mehr auf den Ruhestand zu freuen als ich. Aber wenn er kein Frühstück bekommt, hat er schlechte Laune."

„Clifford", sagte ich. Ich erinnerte mich an ihre Hausschuhe vom Vorabend. „Ist er zufällig groß und rot?"

Bruce sah verwirrt aus, aber Ruby nickte. „Ah ja, es ist schön, jemanden hier zu haben, der mich versteht. Ja, du hast richtig geraten. Er ist groß und rot. Zumindest war er früher rot. Jetzt ist er größtenteils grau." Sie ging zur Treppe, blieb aber stehen und schnippte mit den Fingern, als ihr etwas einfiel. „Ich sollte dir wahrscheinlich beibringen, wie man sich verankert."

„Wie man was?"

Anstatt mir zu antworten, eilte sie in die Küche, holte eine Kupferschüssel und ein paar kleine Holzschachteln mit Schnitzereien heraus, stapelte sie übereinander und brachte sie zum Wohnzimmertisch.

Sie stellte alles neben meinen Tee, öffnete die Schachteln, eine nach der anderen, und offenbarte einen reichen, erdigen

Duft getrockneter Kräuter. „Du bist vielleicht keine Terramantin, aber du kannst ein paar Dinge tun. Am nützlichsten ist der Ankerzauber. Vergiss es, und Typen wie er" – sie nickte Bruce zu, ohne die Kräuter aus den Augen zu lassen – „werden dir überallhin folgen." Sie nahm eine Prise aus jeder der Schachteln und zerdrückte die Blätter und Stängel zwischen ihren Fingern, bevor sie sie in der Kupferschale verteilte. Dann blickte sie auf, um sich zu versichern, dass ich aufmerksam zusah. „Vertrau mir, wenn ich dir sage, dass das schnell nervig wird. Außerdem bedeutet die Tatsache, dass jemand tot ist, nicht, dass er plötzlich selbstreflexiv und weise ist. Ihre Unfähigkeit, den Charakter anderer objektiv einzuschätzen, kann dein rationales Denken bei der Suche nach einem Mörder beeinträchtigen."

„Meine Menschenkenntnis ist nicht schlecht!", protestierte Bruce.

Ruby nickte. „Siehst du? Er weiß es nicht einmal. Ich kann dir nicht sagen, wie oft Menschen von denjenigen getötet werden, denen sie vertrauten. Sie wissen nicht, wer sie getötet hat, weil der Mörder es nicht ertragen konnte, den Ausdruck des Verrats im Gesicht seines Opfers zu sehen. Dann tauchen sie hier auf, anstatt überzuwechseln."

Sie öffnete eine kleine runde Schachtel, die ein Kontrast zu den rechteckigen und sechseckigen Formen der anderen bildete, und holte drei Beeren heraus. „Nachtschleier. Du musst sie mit Salbei, Minze und Rosmarin zerdrücken, aber nicht mit den Fingern. Der Saft lässt sich nur schwer abwaschen, und ein Tropfen davon kann tödlich sein." Sie öffnete die letzte Schachtel, eine lange rechteckige, in der ein Kupferstößel lag. Sie nahm ihn heraus und achtete darauf, das Ende nicht zu berühren, das mitternachtsblau verfärbt war, vermutlich von den Nachtschleierbeeren.

Während sie den Inhalt der Kupferschüssel zu einer Paste

zerdrückte, wies sie mich an, mich im Raum umzusehen, mir so viele Details wie möglich einzuprägen, dann die Augen zu schließen und den Raum in meiner Fantasie zu konstruieren. Während ich das tat, ergriff sie meine Hand und hielt sie über die Schüssel.

Ein plötzlicher Kältestoß schoss meine Fingerspitzen hinauf und hüllte meine Hand bis zum Handgelenk ein. Dann verschwand die Kälte genauso schnell wieder.

„Du kannst deine Augen aufmachen", sagte sie.

Sie stellte die Schüssel in die Mitte des Tisches, klopfte ab, was am Stößel klebte, und legte ihn dann vorsichtig in die Schachtel. „Gut. Jetzt ist er verankert. Vielen Dank für deine Kooperation, Bruce. Ich weiß, dass mein Zuhause nicht der faszinierendste Ort ist, um seine Zeit zwischen den Ebenen zu verbringen, aber wenn du Noras Hilfe willst, musst du dich natürlich an die Regeln halten." Sie sammelte die Schachteln ein und stellte sie wieder auf das Küchenregal. „Lass die Schüssel da stehen, Liebes", sagte sie zu mir. „Und er wird hier sein, bis du zurückkommst. Später zeige ich dir, wie du den Ankerzauber lösen kannst." Sie klatschte schnell in die Hände. „Oh, und bevor ich es vergesse." Sie griff in eine Tasche ihrer weiten Kleidungsschichten, holte einen kleinen, prall gefüllten Lederbeutel heraus und hielt ihn mir entgegen. „Du wirst ein bisschen Geld brauchen, um in der Stadt zurechtzukommen." Der Beutel klirrte, als sie ihn mir gab. Das schwere Gewicht überraschte mich, und ich fragte mich, wie viel ich damit in Eastwind tatsächlich kaufen konnte.

„Jetzt gehe ich besser Clifford füttern, bevor er rauskommt und dich frisst."

Ich steckte die Münzen in die Tasche meines Mantels. „Clifford frisst Menschen?"

Sie zuckte mit den Schultern. „Nicht regelmäßig, aber ja, es ist passiert. Ich kann nicht sagen, dass ich ihm einen Vorwurf daraus mache. Wenn du diesem streitsüchtigen Gnom begegnet wärst, hättest du vielleicht auch einen Weg gefunden, ihn zu fressen. Was für ein Schandmaul!"

„Und der Hund schläft bei dir im Zimmer?"

„Natürlich. Oh, du weißt es ja nicht ... Vertraute können der Hexe, der sie dienen, nicht schaden. Und wenn du möchtest, dass dein räudiger Vertrauter drinnen schläft, brauchst du ihn nur zu baden. Dann ist er willkommen. Ich bin mir sicher, dass Clifford die Gesellschaft zu schätzen wissen würde. Bis gestern Nacht war er der einzige Vertraute in Eastwind, der keine Katze ist."

„Ich werde es dem Hund sagen." Mit einem letzten Blick auf Bruce und dann auf die Kupferschüssel, die ihn in Ruby Trues Haus verankerte, drehte ich mich um und machte mich auf den Weg, wobei ich mich fragte, wie lange es dauern würde, Franco's Pizza zu finden.

Kapitel Sechs

„*Du schon wieder*", sagte der schwarze Hund, sobald ich die Haustür von Rubys Haus hinter mir geschlossen hatte.

„Ja. Ich wieder. Und ich habe einen Namen. Nora."

Der Hund rappelte sich langsam auf, bevor er sich streckte. „*Gib nur damit an, warum auch nicht?*"

„Du hast wirklich keinen Namen?"

„*Nein. Warum sollte ich? Ich bin ein Hund. Du bist der einzige Nicht-Hund, mit dem ich je gesprochen habe.*"

Ich stieg die Stufen der Veranda hinunter, und der Hund folgte mir. „Hunde geben sich gegenseitig keine Namen?", fragte ich.

„*Nein. Wir brauchen keine. Wir sagen so ziemlich immer nur „Hey du!", wenn wir jemanden brauchen. Funktioniert. Aber ich rede nicht mehr mit ihnen. Oder ich denke, ich sollte sagen, dass sie nicht mehr mit mir reden. Nicht seit meinem Tod.*"

Ich blieb stehen und starrte ihn an. „Du bist ein Geisterhund?"

Wenn man noch nie einen Hund mit den Augen rollen

gesehen hat, ist das schon ein interessanter Anblick. *„Nein. Ich bin kein Geisterhund. Ich bin ein Grimhund."*

„Das muss ich zugeben. Ich habe noch nie einen grimmigeren Hund getroffen."

„Nein, nicht – na ja, okay, vielleicht bin ich ein bisschen grimmig. Aber ich bin auch ein Grim."

„Soll heißen?" Ich wusste, dass ich in die Pizzeria gehen sollte, aber er hatte meine volle Aufmerksamkeit. Und es war nicht so, dass Bruce deswegen noch toter wurde.

„Soll heißen, dass ich ein normaler Höllenhund war, der das Leben in den Deadwoods in vollen Zügen genossen hat, und dann bin ich gestorben – lange Geschichte –, aber es stellte sich heraus, dass ich ein Grim war, ohne es zu wissen, also bin ich nicht gestorben. Ich wurde begraben und bin dann wieder auferstanden."

„Wie Jesus?"

Er schüttelte seinen struppigen Kopf. „Kommt darauf an. Ist er ein Grim?"

„Nein, ich bin mir ziemlich sicher, dass er keiner ist."

„Der Punkt ist, dass alle Hunde Geister spüren können, aber nur Grims können sie sehen. Als ich also zurückgekommen bin und die anderen wissen ließ, dass ich jetzt Geister herumlaufen sehen konnte, wollten sie nichts mehr mit mir zu tun haben. Was für mich völlig in Ordnung ist. Sie waren sowieso alle dumme Idioten."

Das erklärte seine schlechte Laune „Also, soll ich dir einen Namen geben?"

„Solange es nichts so Dummes ist wie –"

„Grim", sagte ich.

„Genau das wollte ich gerade sagen."

„Ich mag ihn. Passt zu dir."

Er knurrte. *„Ich finde ihn ein bisschen arg offensichtlich."*

„Das würde ich nicht sagen", sagte ich. Und ja, ich schöpfte Genugtuung aus seiner genervten Reaktion. Verklag mich! *„Okay, Grim. Weißt du, wo Franco's Pizza ist?"*

Er knurrte.

„Was? Du weißt es nicht?"

„Du nennst mich nicht Grim."

„Oh doch, das tue ich", sagte ich. „Hör einfach zu."

Ein junges Mädchen trottete vorbei, und ich rief: „Guten Morgen!" Als ich ihre Aufmerksamkeit hatte, fügte ich hinzu: „Ich bin Nora und das ist mein Hund, Grim."

Sie winkte. „Hi, Nora! Hi, Grim! Ich bin Felicia!" Dann ging sie weiter und sauste mit schnellen Schritten die gepflasterte Straße entlang.

Ach ja, ich sollte erwähnen, dass sie nur von der Hüfte aufwärts ein Mädchen war. Die untere Hälfte? Eine Ziege. Nach den letzten vierundzwanzig Stunden schien ein Faun jedoch nichts Außergewöhnliches zu sein.

„Siehst du?", sagte ich. „Solange du ihnen keinen anderen Namen sagen kannst, heißt du Grim."

Grim knurrte leise und tief. *„Schlau. Und fürs Protokoll: Wenn du weiter laut mit mir sprichst, werden die Leute denken, dass du den Verstand verloren hast."*

„Ist das deine hinterhältige Art, mich dazu zu bringen, nicht mehr mit dir zu reden?"

„Nein, aber es wäre klug. Ich meine nur, dass ich deine Gedanken hören kann."

Oh nein, dachte ich. *Hast du mitbekommen, als ich darüber nachgedacht habe, wie heiß Tanner ist?*

„Zuvor nicht. Erst gerade eben."

„Was?"

„Soweit ich das beurteilen kann, musst du deine Gedanken auf mich richten oder dich auf mich konzentrieren, wenn du sie denkst."

„Oh, verstehe. Ich entschuldige mich im Voraus, falls du versehentlich etwas Persönliches mitbekommen solltest."

„Persönlicher als dass du heiß auf Tanner bist?"

„Oh ja, Grim. In meinem Kopf geht es ziemlich dunkel zu."

Er wedelte mit dem Schwanz. „*Also das ist etwas, das ich verstehen kann.*"

Wie ich erwartet hatte, war Eastwind tagsüber magisch. Als wir eine schmale Seitenstraße entlanggingen, die steil zum Fulcrum Park anstieg, herrschte auf beiden Seiten ein geschäftiges Treiben in den Gebäuden, von denen jedes in einer anderen leuchtenden Farbe gestrichen war.

Selbst als ich Grim durch die Menge der Kreaturen folgte, die mich, wenn Sie mir vor zwei Tagen von ihrer Existenz erzählt hätten, dazu veranlasst hätten, Ihren Lieben behutsam vorzuschlagen, Sie an einen Ort mit weißen, gepolsterten Wänden zu bringen, konnte ich nicht anders, als mich ... darf ich es sagen?

Glücklich zu fühlen.

Ich fühlte mich glücklich. Fast euphorisch. In dieser Stadt herrschte eine Energie, die ich noch nie erlebt hatte. Alle – *alles* – war so voller Leben. Platzte fast vor Leben. Hatten sich andere Orte auch so angefühlt, und ich hatte es einfach nicht bemerkt?

Ich war mir nicht sicher, wie groß Eastwind war, aber nur etwa ein Dutzend Stadtbewohner blieben stehen und starrten mich an, als ich vorbeikam. Alle anderen waren wohl zu sehr mit ihren morgendlichen Besorgungen beschäftigt, um sich Sorgen darüber zu machen, dass eine fremde Frau und ihr schmuddeliger schwarzer Hund mitten auf der Straße an dieser Metzgerei und jenem Salon vorbeigingen. Es war zu viel, um alles sofort zu verarbeiten. Es gab so viele neue Dinge – Anblicke, Geräusche, Gerüche.

Als die Sonne begann, die Februarluft zu wärmen, knöpfte ich meinen Mantel auf und spürte, wie die frische Luft um mich herum wehte. Soweit ich bisher gesehen hatte, gab es in Eastwind keine Autos. Gab es Fabriken? Ölraffinerien? Meine Gedanken wanderten zur magischen Dusche, und ich vermutete, dass Eastwind, wenn es jemals den Weg der Luftverschmutzung eingeschlagen hätte, diese Dinge längst durch umweltfreundliche magische Lösungen ersetzt hätte. Und das war offensichtlich. Ich hatte noch nie so frische und saubere Luft gerochen.

Nach etwa zwanzig Minuten Fußmarsch, wovon ich jede Sekunde genossen hatte, öffnete sich die Straße zum weiten Kreis des Eastwind Emporiums mit dem Glockenturm in der Mitte. Der Rest des Platzes wurde, wie Tanner gesagt hatte, von einem Marktkarren neben dem anderen eingenommen, die Obst, Gemüse, Kräuter oder Nüsse anboten. Es war ein Bauernmarkt, wie ich ihn noch nie zuvor gesehen hatte. Auch hier waren die Farben atemberaubend. Die Tomaten waren rubinrot, der Spinat smaragdgrün.

Als ich Grim folgte, kam ich an einem Karren mit mehr Beerensorten vorbei, als ich je gesehen hatte. Einige erkannte ich – Blaubeeren, Himbeeren, Maulbeeren –, aber die meisten waren mir nicht bekannt. Ein geflochtener Korb voller praller goldener Beeren. Nicht gelb oder orange. Golden. Wie glänzendes Gold, das im Sonnenlicht glitzerte. Die Marktfrau war klein und schwebte ein paar Meter über dem Boden, ihre funkelnden Flügel bewegten sich schnell hinter ihr wie die eines Kolibris. Ich hasse es, Leute in Schubladen zu stecken, aber ich hätte darauf gewettet, dass sie eine Fee war.

„Seien Sie nicht schüchtern", sagte sie sympathisch. „Nur zu, probieren Sie ruhig!"

Das musste sie mir nicht zweimal sagen. Die Köchin in mir war im Himmel. Jede neue Beere repräsentierte eine ganze Reihe brandneuer Gerichte. Wie lange war es her, dass ich das letzte Mal eine neue Geschmacksrichtung probiert hatte? Mein Gaumen war mit der Zeit selbstgefällig geworden, nachdem ich jahrelang jeden neuen Geschmack probiert hatte, den ich in die Finger bekam, von Nüssen, die nur im südostasiatischen

Dschungel wuchsen, bis hin zur Rinde eines Baumes, der nur in den Ausläufern der Anden wächst.

Ich kostete eine Beere jeder Sorte auf ihrem Karren, sogar die, deren Namen ich nicht kannte. Die Himbeeren waren süßer als alle, die ich je probiert hatte, und erinnerten mich an eine frische Quelle, in der ich vor langer Zeit einmal außerhalb von Austin geschwommen bin. Und die Kirschen. Oh Gott! Die Kirschen strotzten vor mehr Geschmack, als ich von Kirschen je erwartet hätte! Ich wollte Tanners Backfähigkeiten nicht kleinreden, aber es schien fast unmöglich, einen Kirschkuchen zu vermasseln, wenn man Obst wie dieses benutzte.

Ich war gerade bei den goldenen Beeren angekommen, die schmeckten ... nun, mir fehlen die Worte, um sie zu beschreiben, aber das Beste, was mir einfiel, war „Sonnenstrahlen", gerade, als jemand an der Rückseite meines Mantels zupfte. Ich drehte mich um und fand den schwarzen Stoff zwischen Grims vor Sabber triefenden Lefzen.

„*Lass uns gehen, sonst verbringst du den ganzen Tag hier*", sagte er telepathisch. Es war praktisch, dass er sein Maul nicht bewegen musste, um zu kommunizieren, da der Stoff meines Mantels darin steckte.

Ich zog ihn heraus und folgte ihm. „*Ich hätte nicht den ganzen Tag hier verbracht*", sagte ich. „*Ich habe Selbstbeherrschung. Ich bin erwachsen.*"

„*Das sagst du. Schau mal auf die Uhr.*"

„*Was?*" Ich warf einen Blick auf die Uhr in der Mitte des Marktes. Moment! Aber wie?

Es waren fast fünfundvierzig Minuten vergangen, seit ich das letzte Mal hinaufgeblickt hatte, obwohl es sich eher wie drei angefühlt hatte.

„*Typische Verkaufstaktik*", erklärte Grim. „*Diese Fee streut ein bisschen von ihrem speziellen Staub auf die Waren, du verlierst Zeit, und ihr Karren sieht besonders gut besucht aus, was mehr zahlende Kunden anzieht, die denken, dass ihr Obst besonders gut sein muss."*

„Das ist ethisch nicht vertretbar."

„Ist es auch nicht. Hast du erwartet, dass Marketing ethisch vertretbar ist? Das kann nicht sein, nicht einmal in deiner alten, langweiligen Heimatwelt."

Franco's Pizza lag ganz in der Nähe des Bauernmarktes, ein paar Dutzend Meter weiter in einer Seitenstraße. Über der dunkelgrünen Eingangstür hing eine rot-weiß gestreifte Markise. Sobald wir die Gasse betreten hatten, roch ich die Tomatensoße und fragte mich, wie viele andere Dinge aus meiner Welt mit Leuten wie mir nach Eastwind gekommen waren.

Doch dann kam mir ein seltsamer Gedanke.

Was, wenn die Dinge, von denen ich weiß, dass sie italienisches Essen sind, tatsächlich aus Eastwind kamen und dann in die Welt, die ich kannte, getragen worden waren? Könnte das bedeuten, dass Leute anders als Ruby sagte, hin und her reisen konnten?

„Willst du reingehen, oder willst du den ganzen Tag hier draußen rumstehen wie ein Herumtreiber?", sagte Grim.

Ich starrte auf ihn hinab. *„Übrigens, Ruby hat gesagt, dass du gern in ihr Haus kommen und ihren Vertrauten Clifford kennenlernen kannst, wenn du dich von mir baden lässt."*

„Du musst mich nicht baden", sagte er schroff. *„Ich bin nicht dein Haustier. Ich habe das mein ganzes Leben lang selbst geschafft."*

Ich beugte mich vor, streckte die Hand aus und zupfte ein paar tote Haare direkt hinter Grims Ohren hervor. *„Dir den Sack zu lecken zählt nicht"*, sagte ich, steckte die Haare in die Tasche meines Mantels und betrat das Restaurant, während Grim draußen wie ein braver Junge auf mich wartete.

Die Öffnungszeiten auf einem Schild neben der Tür sagten

mir, dass das Restaurant gerade erst geöffnet hatte, aber das hätte ich auch so erraten können. Ich kannte diese Atmosphäre nur zu gut – den leeren Gastraum, die noch nicht angezündeten Kerzen auf den Tischen, den leeren Empfangstisch. Offensichtlich rechneten sie noch nicht mit Gästen, und warum sollten sie das auch? Ich vermutete, dass die Leute selbst in Eastwind keinen Appetit auf fettige Pizza und schwere Pasta hatten, bevor sie überhaupt ihre zweite Tasse Kaffee getrunken hatten. Das habe ich nur gemacht, als ich noch in der Kochschule war, und selbst damals war es kalte Pizza, und das ist für mich was ganz anderes.

Ich sah mich im Gastraum um. Ein wunderschöner Mann stand hinter der Bar an der gegenüberliegenden Wand und polierte Weingläser. Allerdings benutzte er dafür nicht seine Hände.

Er ließ ein ganzes Fließband in der Luft laufen und jedes Glas von einem Lappen von jeglichen Flecken befreien, bevor es an seinen Platz auf einem Regal schwebte oder sich kopfüber an seinem Fuß in die Holzregale über der Bar hängte. Der Barkeeper wedelte lediglich mit einem dicken Holzstab herum, der Rest geschah reibungslos.

War ich *diese* Art von Hexe? Mann, das hoffte ich wirklich. Ich konnte Hausarbeit nicht ausstehen. Wenn ich das alles mit einer einfachen Handbewegung erledigen könnte, wäre ich bei der Hexensache voll dabei.

„Entschuldigen Sie", sagte ich und machte mir ein wenig Sorgen, dass die zerbrechlichen Stielgläser auf den Fliesenboden fallen könnten, wenn ich ihn störte. Aber das passierte nicht. Alles erstarrte mitten in der Luft, als er zu mir herübersah. Heilige Güte, sah er gut aus! Während Tanner umwerfend war, war dieser Mann atemberaubend. Atemberaubend heiß. Er hatte etwas Beunruhigendes an sich, als ob er mich mit einem einzigen Blick einschätzen konnte. Es fühlte sich an, als würde er mich mit seinen Augen ausziehen.

Und es machte mir nichts aus.

„Nehmen Sie Platz, wo immer Sie möchten", sagte er. „Eine Kellnerin wird gleich zu Ihnen kommen."

Okay, er zog mich also nicht mit seinen Augen aus. So sah er wohl jeden an.

Ich fand einen Platz in der Ecke und hatte mich gerade erst niedergelassen, als ein kleines Mädchen auf mich zu flatterte – und ich meine flatterte. Wie die Marktfrau am Beerenkarren war dieses Mädchen eine Fee. Ich dachte darüber nach, was Grim über die Manipulation von Nahrungsmitteln durch Feen gesagt hatte, und war mir nicht sicher, ob ich sie als meine Kellnerin haben wollte. Aber ich beschloss, einfach weiterzumachen.

„Hallo", sagte sie fröhlich. „Ich bin Trinity und werde heute Ihre Kellnerin sein." Während sie mit der Vorstellung fortfuhr, lächelte ich mit und ließ sie ihre einstudierte Begrüßung beenden. Dann bestellte ich die Lasagne, denn wer mochte Lasagne nicht, lehnte mich zurück und rechnete damit, dass es eine Weile dauern würde, bis das Essen kam. Wahrscheinlich hatten sie noch nicht alle nötigen Zutaten ausgepackt, und der Herd musste wahrscheinlich erst noch –

Oh, richtig. Magie.

Zwei Minuten später flatterte Trinity mit einem dampfenden Teller Lasagne aus der Küche. Ich dankte ihr und betrachtete bedauernd das Essen, da ich wusste, was ich tun würde. Irgendwo hungerten Menschen, und hier war ich kurz davor, ein ganzes Hauptgericht zu verschwenden.

Oder, Moment, gab es in Eastwind hungernde Menschen? Es war eine Gemeinde, die klein genug war, dass niemand außen vor blieb, oder?

Sicher. Ich entschied, dass es so sein musste.

Grim hatte vielleicht Hunger, aber darum könnte ich mich später kümmern.

Sobald Trinity außer Sichtweite war, zog ich Grims Haare, die ich ihm erst ein paar Minuten zuvor ausgezupft hatte, aus meiner Tasche und schob sie zwischen die Schichten, als ich sicher war, dass der heiße Barkeeper nicht hinsah.

Als es mir gelungen war, Trinity herbeizuwinken, hatte ich den Großteil meiner Schuldgefühle über das, was ich getan hatte, unter Kontrolle und war in der Lage, eine zerknirschte, aber unzufriedene Grimasse vorzutäuschen. „Tut mir leid, da sind Haare in meinem Essen", sagte ich.

Was ich erwartet hatte, war dieselbe Reaktion, die ich meinen Gästen im Laufe meiner vielen Jahre in der Dienstleistungsbranche gezeigt hatte, wenn sie sich über ihr Essen beschwerten: ein mitfühlendes Stirnrunzeln, zusammengezogene Augenbrauen, ein gedämpftes Keuchen angesichts der Empörung des Ganzen und dann eine leere Entschuldigung und das Angebot, „zu sehen, was sie tun konnte".

Aber was ich von Trinity bekam, war weitaus schlimmer.

„Oh, meine Sterne!" sagte sie, hob vor Entsetzen die Hände vor ihren Mund und schüttelte langsam den Kopf. Hatte ich etwas Falsches gesagt? Hatte ich versehentlich gesagt: „Ihre Großmutter wurde von einem Werwolf zerrissen", anstatt ein paar Haare in meiner Lasagne zu erwähnen? Ihrer Reaktion nach zu urteilen, schien das wahrscheinlich.

Ihre Flügel hörten auf, schnell zu flattern, und sie fiel aus der Luft und landete auf ihren Füßen. Ich musste mich nach vorn beugen, um sie unter der Tischplatte sehen zu können.

„Ich habe keine Ahnung, wie das passiert ist!", rief sie entsetzt. „Das Essen wird zur Vermeidung von Kontaminationen auf magische Weise zubereitet!"

Oops! Waren Haare im Essen hier also keine alltägliche Sache? Ich war davon ausgegangen, und jetzt, da ich darüber nachdachte, würde dafür zu sorgen, dass niemals Haare ins Essen gelangten, ganz oben auf meiner Liste der Dinge stehen, die ich mithilfe von Magie erreichen wollte, wenn mir Magie zur Verfügung stünde. Gut gemacht, Eastwind.

Aber das löste bei mir ein besonderes Schuldgefühl aus. Mein kleiner Trick könnte dazu führen, dass ihr magischer Prozess völlig überholt wurde, und alles umsonst.

„Schon gut, schon gut", sagte ich und versuchte, sie zu trösten. „Wie wäre es, wenn Sie einfach die Managerin rufen und ich mit ihr darüber rede?" Das war natürlich die ganze Zeit mein Plan gewesen. Nur ohne Trinitys Nervenzusammenbruch.

Entsetzen huschte über ihr Gesicht. „Werden Sie mir die Schuld geben? Bitte, bitte, Miss, ich werde alles tun. Erzählen Sie Jane einfach nichts davon." Sie sprang wieder in die Luft, um auf Augenhöhe mit mir zu flattern, und flüsterte: „Ich werde *alles* tun." Wow! Mir gefiel nicht, wie sie „alles" gesagt hatte, als wäre es tatsächlich eine Carte Blanche. Armes Mädchen. Gut, dass sie es mir gesagt hatte und nicht irgendeinem notgeilen Typen, der das Angebot womöglich ausnutzen würde.

Also improvisierte ich ein wenig. Mein Plan war gewesen, die Haare einzuschleusen und dann um ein Gespräch mit einem Manager zu bitten, woraufhin Jane herbeigerufen würde und ich sie nach Bruce fragen konnte, ohne dass sie es bemerkte. Ich glaubte nicht, dass es mir helfen würde, seinem Mord auf den Grund zu gehen, wenn die Hauptverdächtige (zu diesem Zeitpunkt die einzige Verdächtige) wüsste, was ich vorhatte.

Aber mein neuer Ansatz würde trotzdem funktionieren.

„Ich werde Jane nichts davon erzählen", sagte ich und brachte sie so beruhigend wie möglich zum Schweigen. Als ich aufblickte, starrte mich der sexy Barkeeper böse an. Ich zuckte mit den Schultern und hoffte, er würde das so auffassen, dass ich nicht dafür verantwortlich war, dass die Fee jetzt ... weinte?

Oh, komm schon!

„Sch-sch-schh ... Trinity, hör zu." Ich hatte eine ganze Reihe von Nervenzusammenbrüchen meiner Kellner in den Griff bekommen, und das war die Situation, in der ich mich jetzt befand. Normalerweise würde ich einfach abwarten und ihnen so viel Mitgefühl entgegenbringen, dass sie sich gehört fühlten, aber nicht so viel, dass es sie dazu ermutigte, weiter zu weinen. Dann warf ich den Gast raus, der die Situation verursacht hatte, oder entließ den Restaurantmanager, der eine Arbeitsumgebung geschaffen hatte, die die Kellner so verzweifelt machte.

Nur, dass ich jetzt der Gast war, der sie zum Weinen gebracht hatte. Ich hatte es nicht vorgehabt, aber meine Absichten zählten einen feuchten Dreck. Schließlich hatte ich nicht vorgehabt, mit meinem Auto gegen einen Baum zu fahren, zu sterben und in dieser Stadt zu landen, um den Mord an einem Werwolf aufzuklären.

Nein, darüber konnte ich im Moment nicht nachdenken.

„Keine Sorge, ich werde mit Jane nicht über die Haare sprechen. Hey, ich habe eine Idee! Warum bringen Sie sie nicht hierher, und ich werde sie wissen lassen, welch wunderbaren Service ich erlebt habe? Ich werde die Haare nicht erwähnen. Tatsächlich" – ich schlug die oberste Schicht der Lasagne zurück, zog Grims Haare heraus und wischte sie an einer Serviette ab – „niemand sonst muss das wissen."

Ich war mir ziemlich sicher, dass ich vier Haare hineingeschmuggelt hatte, also nahm ich mir vor, noch einmal nach dem letzten zu suchen, bevor ich das Essen später verschlang. (Die Düfte ließen meinen Appetit brüllen wie einen ... Werlöwen? Gab es die?)

„Sie versprechen, ihr nichts von den Haaren zu erzählen?"

„Kleiner-Finger-Schwur."

Sie lächelte und streckte mir ihren kleinen Finger entgegen, und ich war sofort erleichtert, dass sie hier wussten, was ein Kleiner-Finger-Schwur war … obwohl ich zugegebenermaßen verwirrt war, wie ausgerechnet das aus meiner Welt nach Eastwind gelangt war. Autos? Nein. Aber ein Kleiner-Finger-Schwur? Ein großes Ja.

Sobald der Pakt offiziell war, huschte sie nach hinten, und ich schob mir einen Bissen Lasagne in den Mund, wobei ich sorgfältig darauf achtete, den Bereich zu meiden, in dem Grims letztes Haar sein könnte.

Oh. Mein. Gott.

Ich schob mir noch eine Gabel voll in den Mund.

Ja. Nach dem zweiten Bissen war ich mir absolut sicher, dass das die beste Lasagne war, die ich je gegessen hatte. Wie kam es, dass alles in Eastwind besser schmeckte, als sich Sex anfühlte?

Ich seufzte und schob mir den dritten Bissen in den Mund, als eine wunderschöne Frau mit einem wunderschönen Kakaoteint aus der Küche auf meinen Tisch zukam.

War das Jane Saxon? Bruce sah nicht schlecht aus, doch Jane spielte in einer ganz anderen Liga. Sie hatte eine ganz eigene Energie, und ihre Kraft strömte bei jedem Schritt, den sie machte, in Wellen von ihr aus. Ich verstand, warum Trinity Angst vor ihr hatte.

Oh, und sie war ein Werwolf und könnte wahrscheinlich jeden in diesem Restaurant in Stücke reißen, wenn sie wollte. Vergessen wir das nicht.

„Kann ich Ihnen helfen?", fragte sie. Es klang eher wie eine Herausforderung, als ob die einzige offensichtliche Antwort wäre: „Nein, alles ist wunderbar. Ich bin wunschlos glücklich."

Aber ich war hier, um den Mord an ihrem Ex-Mann aufzuklären, damit er mich in Ruhe ließ.

Und ich denke, weil es das Richtige war. Oh, was auch immer.

Als ich Jane sah, die nur zwei Schritte von mir entfernt stand, hatte ich keinen Zweifel daran, dass sie die Kraft hatte, einen Mann mit einer Bratpfanne zu erschlagen. Aber würde sie sowas tun?

„Ich bin neu in der Stadt", sagte ich und ignorierte die hochgezogene Augenbraue. „Und eine neue Freundin hat mir dieses Restaurant empfohlen. Ich habe in meinem Leben in vielen Restaurants gearbeitet, deshalb wollte ich Sie nur wissen lassen, wie unglaublich das Essen ist."

Als ihre Schultern weicher wurden, wusste ich, dass ich Fortschritte machte, also fuhr ich fort. „Wenn diese Stadt auch nur annähernd wie jede andere Stadt ist, hört man von den Gästen in der Regel nur, wenn etwas mit dem Essen nicht stimmt."

Ihre angespannte Haltung verschwand. Lächelnd sagte sie: „In dieser Hinsicht ist Eastwind wie jede andere Stadt."

Ihr Lächeln war magisch. Ich denke, dass es hier im wahrsten Sinne des Wortes magisch sein könnte, aber ich meine eher im übertragenen Sinne. Wenn Jane lächelte, spielte sie in einer Liga weit über der von Bruce. Ich fragte mich, warum sie sich hatten scheiden lassen. Doch das in diesem Moment zu fragen wäre wahrscheinlich nicht die sanfte Herangehensweise, die nötig war, um Jane aufgeschlossen und freundlich zu stimmen.

„Mein Name ist Nora", sagte ich. „Ich, ähm, ich kenne nicht viele Leute in der Stadt. Wenn Sie nicht zu beschäftigt sind, möchten Sie vielleicht Platz nehmen?"

Sie sah sich im leeren Restaurant um und runzelte die Stirn. „Ich weiß nicht ... wir ertrinken gerade in Gästen." Als sie mich wieder ansah, kicherten wir beide, und sie setzte sich.

Jane war unglaublich sympathisch, sobald ich den

Einschüchterungsfaktor überwunden hatte. Sicher, sie gehörte zu der Art von Frau, mit der man es sich definitiv nicht verscherzen sollte. Aber das habe ich auch schon über mich gehört, deshalb gab ich nicht viel darauf. Irgendetwas an Frauen, die Grenzen zogen und sich nicht mit Bullshit herumschlagen wollten, war für den Rest der Welt ein bisschen einschüchternd.

Ich hoffte, dass Jane nicht die Mörderin war. Der Zweck meines Besuchs war plötzlich nicht mehr neutrale Informationsbeschaffung, sondern der Versuch, den Verdacht gegen sie auszuräumen und sie von der Liste möglicher Verdächtiger zu streichen.

Und mich mit ihr anzufreunden.

Klingt das verzweifelt?

Dann war ich wohl verzweifelt. Zu meiner Verteidigung: Wenn ich für den Rest meines Lebens in Eastwind festsaß, wäre es sinnvoll, hier Leute zu finden, die ich mochte. Ich konnte mich nicht allein auf Tanner, den umwerfenden Kellner, Ruby, die seltsame alte Hellseherin, und Grim, den klinisch depressiven Hund, verlassen, um meine grundlegenden sozialen Bedürfnisse zu befriedigen.

„Also", begann Jane, „wo kommen Sie her?"

„Von der Erde."

Jane biss sich auf die Lippe und hielt ihr Schmunzeln gnädig zurück. „Das ist klar. Aber von *wo* auf der Erde?"

Oh. Klar. „Texas. Kennen Sie meine Welt?"

Sie nickte. „Ich sehe vielleicht aus, als wäre ich Mitte zwanzig, aber ich bin kein Welpe. Es kommt nicht oft vor, dass Leute aus Ihrer Welt kommen, aber sie kommen oft genug, und wenn doch, raten Sie mal, wohin sie gehen, um den Geschmack ihrer Heimat zu bekommen?"

Ich nickte. „Ah, das ergibt Sinn. Wer liebt italienisches Essen nicht?"

„Eben. Und unsere Küche wird nur in den Schatten gestellt von der Hausmannskost im –" Als sie sich unterbrach, horchte ich auf.

„Medium Rare?", ergänzte ich.

Sie nickte. „Ja." Sie kniff die Augen zusammen, als sie mich ansah. „Sie wissen es schon. Über mich und Bruce."

„Geschichten verbreiten sich schnell", sagte ich mit einem entschuldigenden Schulterzucken.

Sie nickte düster und strich eine Falte in der Tischdecke glatt. „Da haben Sie wohl recht. Ich habe es nicht getan, wissen Sie?"

„Was meinen Sie?"

„Mor – ich hätte Bruce niemals wehgetan."

„Ich habe gehört, dass Sie beide ziemlich viel gestritten haben."

Ihre Schultern waren angespannt. „Haben Sie sich jemals mit jemandem gestritten, Nora?"

Ich nickte.

„Und haben Sie ihn dann ermordet?", fragte sie.

„Natürlich nicht", sagte ich und setzte mich aufrechter.

„Dann wissen Sie, dass das eine nicht unbedingt zum anderen führt. Natürlich haben Bruce und ich uns gestritten. Manchmal haben wir einander schreckliche, unverzeihliche Dinge an den Kopf geworfen, wenn unsere Wölfe die Oberhand hatten. Aber manchmal passiert das, wenn man sich liebt. Es ist unschön."

„Aber Sie haben sich weiter gestritten, nachdem Sie geschieden waren. War es da immer noch aus Liebe?"

Sie schluckte schwer, und ihre Unterlippe zitterte. „Für mich war es das." Ich konnte sie fast nicht hören. Sie sprach so leise, und es brach mir das Herz um ihretwillen.

Sie liebte ihn immer noch. Sie liebte ihn wahrscheinlich mehr, als ich jemals einen Mann geliebt hatte, und sie hatten sich scheiden lassen, und jetzt war er tot. Alle Hoffnung auf Versöhnung war dahin.

„Es tut mir leid", sagte ich.

Sie schniefte scharf, riss sich dann schnell zusammen, und der kurze Moment tiefer Bestürzung war vorbei. „Ich wette, dass das Mädchen, mit dem er zusammen war, was mit seinem Tod zu tun hat. Ich habe nichts gegen junge, hübsche Frauen, aber" – sie beugte sich verschwörerisch vor – „haben Sie jemals jemanden getroffen, der einfach ein bisschen *zu* hübsch war? Ein bisschen *zu* makellos?" Sie lehnte sich wieder zurück. „Jeder, der so viel Zeit in sein Aussehen investiert, verbirgt meiner Meinung nach etwas Dunkles."

Eine Hälfte von mir schauderte angesichts Janes typischem Frauen-die-hübschere-Frauen-hassten-Verhalten.

Und die andere Hälfte von mir wusste genau, was sie meinte. Und stimmte ihr voll und ganz zu.

„Er war mit jemandem zusammen?" Ich war ein wenig verärgert darüber, dass Bruce das verschwiegen hatte. Wenn er wollte, dass ich den Mord an ihm aufklärte, sollte er mir gegenüber viel offener sein, anstatt nur mit dem Finger auf die arme Jane zu zeigen.

Ah richtig. Genau das hatte Ruby gemeint. Man durfte nicht davon ausgehen, dass das Opfer unvoreingenommen war.

„Ja. Irgendein dummes Flittchen", sagte Jane. „Ich glaube, ihr Name ist Fancy oder ... Tancy? Oh!" Sie schnippte mit den Fingern. „Tandy. Das war es. Sie arbeitet drüben in Echo's Salon. Sie ist eine Art ... ich weiß nicht wirklich, was sie ist. Vielleicht eine Nymphe? Meine Freundin Hyacinth arbeitet auch dort und sagt, sie habe noch nie in ihrem Leben einen schlechteren Menschen getroffen. Natürlich *scheint* Tandy süß zu sein, aber wir alle wissen, dass die Mädchen, die niemals gemeine Dinge sagen, ihre ganze Freizeit damit verbringen, gemeine Dinge zu planen. Irgendwie muss man den Dampf ja ablassen. Ehrlichkeit ist schließlich eine Tugend. Alles runterzuschlucken ist nicht gesund. Geradeheraus ist meiner Meinung nach am besten."

„Das verstehe ich", sagte ich.

Für einen Moment weiteten sich Janes Augen, und sie sah bestürzt aus, dann war es verschwunden, und sie lächelte verschmitzt. „Oh, ich mag Sie." Sie wedelte mit dem Finger in meine Richtung. „Viel Glück mit dieser Stadt. Sie ist voll von Leuten, die so verzweifelt danach streben, dass alles perfekt ist, dass sie Gefühle schwelen lassen. Ich habe nie woanders gelebt, bin aber in die angrenzenden Länder gereist und habe mit vielen Menschen gesprochen, daher kann ich ziemlich sicher sagen, dass die Mordrate in Eastwind höher ist als irgendwo sonst. Es kann nur begrenzte Zeit unter der Oberfläche brodeln, bis es überkocht. Und wenn man es mit einem ganzen Pott voller bunt gemischter Kreaturen zu tun hat, spitzt sich die Lage früher oder später zu."

„Danke für die Warnung", sagte ich.

„Na ja, machen Sie sich darüber keine allzu großen Sorgen", sagte sie. „Ich gehe davon aus, dass Sie eine Hexe sind, oder?"

„Scheint so."

„Die Leute hier versuchen, sich nicht mit Hexen anzulegen. Wenn sie das tun, bekommen sie es mit dem gesamten Zirkel zu tun. Das heißt nicht, dass Hexen nicht hin und wieder unter den Toten sind. Aber wenn Sie sich aus Ärger raushalten, wird alles gut werden." Obwohl sie tröstend lächelte, fühlte ich mich nicht wirklich getröstet.

„Gut zu wissen, denke ich."

„Ihr Essen wird kalt", sagte sie und nickte in Richtung meiner Lasagne.

„Könnte ich die Rechnung und eine Box zum Mitnehmen

bekommen?", fragte ich. „Mir ist gerade eingefallen, dass mein Hund draußen wartet."

Sie stand vom Tisch auf und sah mich von der Seite an. „Das geht auf mich. Ich dachte, Hexen haben Katzen."

Und ich hatte gedacht, dass es Hexen nicht gibt, aber Dinge ändern sich. „Ich hatte schon immer ein Problem damit, das zu tun, was alle anderen tun."

Jane brachte mir eine Box zum Mitnehmen und eine Tüte und lud mich ein, wann immer mir danach war, mit fünfzig Prozent Rabatt auf mein Essen vorbeizukommen, da ich neu in der Stadt war ... aber hauptsächlich, weil sie mich mochte. Das würde ich nicht ablehnen.

Aber jetzt musste ich weiter. Ich war seit sieben Jahren nicht mehr in einem Friseursalon gewesen. Ein Besuch war überfällig.

Kapitel Sieben

Ich hatte nicht erwartet, Tandy in Echo's Salon anzutreffen. Schließlich war ihr Freund am Tag zuvor ermordet worden. Für jemanden wie Jane schien es fast zwanghaft zu sein, eine Maske aufzusetzen und weiterzumachen, aber nach dem Wenigen, das ich über Tandy (oder Frauen wie sie) wusste, schienen sie nicht aus demselben harten Holz geschnitzt zu sein.

Und doch war sie da.

Ich wusste, dass sie es war, als ich sie durch das große Fenster mit Blick auf eine Hauptstraße ein paar Blocks vom Marktplatz entfernt sah. Echo's Salon lag zwischen Geschäften für die wohlhabenderen Bewohner von Eastwind. Auf der einen Seite des Salons war ein Juwelier und auf der anderen eine Boutique mit verzauberten Schaufensterpuppen in langen, fließenden Gewändern, die im Schaufenster von einer eleganten Pose zur anderen wechselten.

Ich hielt inne und spähte in den Salon. Alle Stylisten waren wunderschön, aber ich erkannte sofort, wer Tandy war. Sie strahlte wie ein Stern unter ihnen. Ihr silberblondes Haar floss in kräftigen Wellen bis zu ihrer Taille, und ihr Teint war glatt und strahlend. Ihr Körper erinnerte mich an eine Barbiepuppe. Nein, *sie* erinnerte mich an eine Barbie, eine der älteren aus den Fünfzigern, mit den hochgezogenen Brauen und zusammengekniffenen Augen.

Ich habe Barbies nie gemocht. Zum einen waren sie immer blond, kurvig und langbeinig. Meine Haare waren vom Tag meiner Geburt an mittelbraun, auf der einen Seite glatt, auf der anderen nicht ganz glatt. Und niemand würde mich jemals als kurvig bezeichnen. Tatsächlich hätte ich fast eine Party geschmissen, als ich das letzte Mal einen BH gekauft und festgestellt hatte, dass ich tatsächlich Körbchengröße B und nicht A war. In meiner Kindheit hatten Barbies mir nie ein gutes Gefühl gegeben, und ich hatte mich noch schlechter gefühlt, wenn ich sah, wie das Gesicht meiner besten Freundin aus Kindertagen, Shonda, jedes Mal traurig wurde, wenn es keine Barbie gab, die dieselbe kakaobraune Haut hatte wie sie. Und die wenigen Male, wenn wir eine im Spielzeugladen entdeckt hatten, hatte sie die langen, glatten Haare der Barbie betrachtet und dann ihr eigenes berührt, das kraus war und in alle Richtungen abstand.

Tandy war die Inkarnation einer Barbie, nicht nur optisch, sondern auch was die Gefühle anging, die sie in mir weckte, wenn ich sie ansah. Ich dachte zurück an Jane und dann an Shonda, beides wunderschöne Frauen, die sich angesichts Barbies bloßer Existenz für mich schlecht anfühlten.

Und dann bekam ich ein schlechtes Gewissen. Ich meine, *ernsthaft* schlecht. Es war nicht Tandys Schuld, dass sie so aussah. Sicher, sie musste viel Zeit für ihr Aussehen aufwenden, aber das zeigte nur den Druck, den selbst schöne Frauen empfanden, makellos und für Männer hübsch zu sein.

Ich musste die Krallen einziehen und Tandy eine faire Chance geben.

„Hier", sagte ich zu Grim, als ich die Tüte und die Box öffnete und sie auf den Boden stellte. „Für deine Mühen."

„Glaubst du wirklich, ich brauche deine Almosen? Bitte ..." Doch keine Sekunde später steckte er schnauzentief in lauwarmer Lasagne.

Als ich eintrat, war jeder Stuhl im Salon besetzt. Die Stylisten und Kunden unterhielten sich leidenschaftlich miteinander.

Als ich sah, wie alles hier funktionierte, war ich geschockt. Was waren das für Wesen? Jane hatte etwas von Nymphen gesagt, aber ich wusste nicht viel über sie.

Ein Stylist war für die Haarwäsche aller Kundinnen zuständig. Er näherte sich dem Stuhl, auf dem eine schlanke, schwarzhaarige Frau wartete, und schwenkte dann eine offene Handfläche um ihren Kopf, bis das Wasser das Haar von der Wurzel bis zur Spitze tränkte. „Bitte schön, Darling", sagte er, bevor er durch den Salon zu einer anderen Stylistin ging, die ihn herbeigewinkt hatte.

In der Zwischenzeit näherte sich eine kleine, rundliche Frau, deren Haare um sie herumwehten, als wäre sie im sanftesten Tornado der Welt gefangen, der Kundin, die mir am nächsten stand und deren Stylistin gerade ihrem Haarschnitt den letzten Schliff verpasst hatte. Die rundliche Frau hielt eine flache Hand auf beide Seiten des nassen Schopfes der Kundin, und während sie das tat, fiel ihr eigenes Haar schlaff herunter und das Haar der Kundin begann im Wind zu wehen, bis es nicht nur trocken war, sondern auch in seidenweichen Wellen gestylt war. Sobald die rundliche Frau ihre Hände sinken ließ, wehten ihre eigenen Haare wieder in den Wind.

„Sie müssen neu sein", sagte eine Stimme hinter dem Empfang. Als ich mich umdrehte, sah ich einen unscheinbaren jungen Mann, der sich in seinem Stuhl zurücklehnte und seine Nägel feilte. „Wir haben hier nicht viele neue Leute, aber der

Look ist jedes Mal derselbe. Möchten Sie einen Termin vereinbaren?"

„Bitte. Mit Tandy."

Er nickte und beugte sich zu mir vor, also beugte ich mich ebenfalls vor, um ihm auf halbem Weg entgegenzukommen. „Das arme Ding." Er sprach es flüsternd, aber so laut, dass es von den Kunden, die dem Empfang am nächsten standen, problemlos mitgehört werden konnte. „Ihr Freund ist gerade ermordet worden. *Gestern.*" Er lehnte sich mit großen Augen zurück und nickte langsam.

„Was Sie nicht sagen!"

Jane machte keine Witze darüber, dass dieser Ort ein Umschlagplatz für Klatsch und Tratsch war. Er hatte das alles ohne mein Zutun ausgeplaudert. Vielleicht würde es leichter werden, als ich gehofft hatte, in Echo's Salon ein paar nützliche Informationen über den Mord an Bruce zu bekommen.

Und wenn ich darüber hinaus noch eine schöne Frisur bekommen könnte, umso besser. Ich konnte mich nicht erinnern, wann ich das letzte Mal einen Termin in einem Friseursalon vereinbart hatte. Ich hatte das Geld, aber nie die Zeit.

„Es überrascht mich, dass sie heute hier ist", sagte ich zu ihm. „Ich hätte mich auf jeden Fall krankgemeldet, wenn mein Freund am Tag zuvor ermordet worden wäre."

Er nickte langsam, aber nachdrücklich und formte lautlos mit den Lippen: *Ich auch.* Dann beugte er sich wieder vor, unfähig, nicht zu tratschen. „Sie waren *so* verliebt. Sie hätten die beiden zusammen sehen sollen. Immer unangemessene Berührungen in der Öffentlichkeit. Früher hat es Echo wahnsinnig gemacht, aber ich fand es immer irgendwie heiß, zuzusehen."

Ihhh! Ich lenkte das Gespräch schnell in weniger gruselige, voyeuristische Gewässer. „Wer ist Echo?"

„Wer ist Echo?", wiederholte er. „Ha! Nur der Besitzer

dieses schönen Ladens. Echo Chambers ist *mit Abstand* die stilvollste Person in ganz Eastwind. Ohne ihn wäre diese Stadt nicht halb so fabelhaft."

„Na dann, Gott sei Dank, dass es ihn gibt", sagte ich, und der Mann an der Rezeption presste die Lippen fest aufeinander und nickte, ohne auch nur den geringsten Hauch meines Sarkasmus wahrzunehmen.

„Ladavian", erklang eine süße Singsangstimme direkt hinter mir. Ich drehte mich um und sah, dass Tandy herübergeschwebt kam. Nicht im wahrsten Sinne des Wortes, das sollte ich wohl dazu sagen. Aber ihr Gang war so geschmeidig, als würde man Wasser beim Laufen zusehen. „Würdest du bitte dieser netten Dame beim Auschecken helfen."

Hinter ihr folgte eine schüchterne Frau mittleren Alters, deren dunkles Haar jetzt viel zu jugendlich und seidig für ihr Gesicht war.

Während Ladavian sich um sie kümmerte, wandte Tandy sich mir zu und lächelte. „Ich habe dich noch nie hier gesehen. Du musst Nora sein."

„In dieser Stadt verbreiten sich Neuigkeiten schnell."

Sie lachte unbeschwert. „Und noch schneller bei Echo. Ehrlich gesagt weiß ich zu viel über die meisten Leute hier." Sie hielt inne, musterte mich von oben bis unten und schien mich zu beurteilen. „Bist du wegen eines Schnitts hier?" Sie hob eine Hand, nahm eine meiner Haarsträhne zwischen zwei Finger und zog sie bis zu den Enden herunter, um sie zu inspizieren. „Ich könnte den Spliss für dich rausschneiden, das würde einen entscheidenden Unterschied machen."

„Ähm, danke", sagte ich und erkannte ein zweischneidiges Kompliment, wenn es mir ins Gesicht sprang, „aber heute wäre mir einfach nur Waschen und Legen recht. Vielleicht komme ich morgen zum Trimmen zurück."

„Ah", sagte sie und klang enttäuscht. Doch dann wurde sie schnell wieder munter. „Hier entlang, bitte!"

Sie führte mich zu einem leeren Stuhl in einer Viererreihe, legte mir ein Handtuch um die Schultern und sprach mich im Spiegel an. „Kann ich dir was zu trinken bringen? Einen Verjüngungs-Fizz oder einen Citrus Blast?"

„Ich bin mir nicht sicher, was das ist", sagte ich und sah mich nach Anzeichen dafür um, dass andere Kunden sie tranken.

Sie strahlte, ihre zusammengekniffenen Augen waren zwei dunkle Schlitze mit sehr langen Wimpern. „Also, in dem Fall musst du den Citrus Blast probieren. Es schmeckt wie frisch gepresster Orangensaft, füllt aber alle fehlenden Mineralien auf. Es wird damit wahre Wunder wirken." Sie strich mit der Fingerspitze über die dunklen Ringe unter meinen Augen.

Ich entschied mich dagegen, sie scharf darüber zu informieren, dass die Ringe vielmehr daherkamen, dass ich von einer Welt in die andere gesprungen, Zeugin eines Mordes geworden und dann die ganze Nacht von einem Geist belästigt worden war (dem Geist ihres toten Freundes), als von irgendeinem Nährstoffmangel.

Was mich an den Grund meines Besuchs erinnerte. Nicht Nährstoffmangel, sondern der Geist. Der Mord. „Citrus Blast klingt großartig", sagte ich. Sie nahm ein Glas von einem Tablett am Ende der Stuhlreihe und reichte es mir. Serviert wurde der Citrus Blast in einer Glaskugel mit Öffnung oben, aus der ein Glastrinkhalm herausragte. Das gab definitiv Punkte für die Präsentation.

„Wenn du dir die Haare waschen lassen willst, brauchen wir Augustus." Sie bedeutete dem Haarwäscher, seine Magie wirken zu lassen, was er schnell und leidenschaftslos tat, ohne ein einziges Wort der Begrüßung.

Als er fertig war, eilte er davon, ging aber zur Rezeption,

um verschwörerisch mit Ladavian zu tuscheln, da im Moment kein anderer Stylist seine Dienste brauchte.

„Du warst da, nicht wahr?", sagte Tandy und beugte sich vor, während ich an meinem Citrus Blast nippte (der übrigens köstlich war). Sie massierte süße, erdig duftende Öle in meine nasse Kopfhaut.

„Wo?", fragte ich.

„Im Medium Rare, als Bruce ermordet wurde."

Ich schluckte abrupt herunter, was ich gerade getrunken hatte. Deshalb war ich hier, nicht wahr? Nicht für die Kopfhautmassage, nicht für den Citrus Blast.

„Ja. Du hast ihn gekannt?"

Ihre Nasenflügel blähten sich ein wenig, und sie gab einen seltsam zwitschernden Laut in ihrer Kehle von sich. „Ja", hauchte sie. „Wir haben einander geliebt."

„Das tut mir so leid", antwortete ich und tat so, als wäre das neu für mich.

„Ich habe es erst heute Morgen erfahren. Ich wäre fast nicht zur Arbeit gekommen." Sie biss sich auf die Unterlippe, als sie zu zittern begann.

„Ich bin überrascht, dass du gekommen bist", sagte ich und versuchte, eher mitfühlend als misstrauisch zu klingen.

„Ich schätze, ich stehe immer noch unter Schock", sagte sie. „Es scheint nicht real zu sein, dass Bruce gestern noch hier war und heute weg ist. Es ist einfach ..." Ihre Stimme brach. „Ich habe beschlossen, lieber hier zu sein, umgeben von meinen Freunden, als allein zu Hause zu sitzen. Der Gedanke, den Tag allein in meinem Bett zu verbringen, in dem Bruce und ich uns Tag für Tag so leidenschaftlich geliebt haben, kam mir wie eine besonders grausame Form von Folter vor."

Während ich gut ohne die Vorstellung dieser jungen, atemberaubend schönen Blondine, die sich mit dem massigen Bruce Saxon mit den haarigen Unterarmen im Bett wälzt, hätte auskommen können, begann ihre Geschichte doch, einen Sinn zu ergeben.

Ich würde auch nicht allein sein wollen, wenn die Liebe meines Lebens ermordet worden war. Ich würde dort sein wollen, wo ich am glücklichsten bin.

Ich war Tandy gegenüber unfair gewesen. Jeder trauert anders, und sie sollte nicht zu Hause sitzen müssen, wenn sie eine Möglichkeit hatte, sich abzulenken. Die Traurigkeit, zu der sie zurückkehren konnte, würde immer da sein.

Diese harte Lektion hatte ich gelernt, als meine Eltern ermordet worden waren. Das erste Jahr danach war reine Folter gewesen, aber ich hatte immer ein schlechtes Gewissen gehabt, wenn ich eine Auszeit von der Verzweiflung finden wollte, also hatte ich mich gezwungen, den Schmerz zu spüren, und mir keine der dringend benötigten Auszeiten erlaubt.

Jetzt, wo ich darüber nachdachte, wünschte ich, ich hätte mich für Tandys Weg entschieden. Am Ende hatte der Schmerz nie etwas Sinnvolles bewirkt. Und er hatte sie auch nicht zurückgebracht.

„Es tut mir so leid, Tandy." Ich hatte es schon gesagt, aber ich dachte, es würde nicht schaden, es ein zweites Mal zu sagen. Diesmal meinte ich es mehr.

Sie nickte düster. „Danke." Dann, nachdem sie tief Luft geholt hatte, beugte sie sich vor und sagte: „Magst du es, wenn dein Haar nach vorn in dein Gesicht geföhnt ist oder eher nach hinten, um deine Wangenknochen zur Geltung zu bringen?"

„Ich glaube nicht, dass ich eine Präferenz habe. Ich stecke es einfach hinter meine Ohren."

„Ah. Okay." Sie klang enttäuscht. „Dann föhnen wir es nach vorn. Laurel!"

Die windige Frau eilte herbei, und Tandy gab ihr die Anweisungen. Laurel bearbeitete meine Haare schnell, und ich war überrascht, wie sehr ein einfaches, durchdachtes Föhnen mein gesamtes Aussehen verbessern konnte.

„Wie gefällt es dir?", fragte Tandy und entfernte das Handtuch um meinen Hals.

„Großartig. Danke."

Sie strahlte bescheiden. „Oh bitte. Es sind deine wunderschönen Haare. Wir bringen nur ihr volles Potenzial zur Geltung. Und der Citrus Blast schadet auch nicht." Sie zwinkerte.

„Darf ich dich was fragen?"

Sie nickte.

„Ich hasse es, das Thema nochmal anzusprechen, aber hatte Bruce, soweit du weißt, irgendwelche Feinde?"

Ihre Miene wurde etwas dunkler, und sie beugte sich vor, um nicht belauscht zu werden. „Ich habe auch schon darüber nachgedacht. Ich lande immer wieder bei Ansel."

„Ansel?"

„Ansel Fontaine. Jane Saxons Freund."

„Warum sollte er Bruce töten wollen?"

„Nun, weil jeder weiß, dass Jane nicht über Bruce hinweg war und Ansel ihr wie ein Welpe hinterherhechelt. Bärenjunges wäre wahrscheinlich besser, da er ein Werbär ist. Ich habe gehört, dass er ihr einen Antrag machen wollte, es aber nicht getan hat, weil sie immer noch so an Bruce hängt. Ich schätze, sie dachte, sie würden vielleicht wieder zusammenkommen, und wollte sich nicht ganz an Ansel binden, solange das noch eine Option war. Arme Jane. Und Ansel. Und Bruce." Sie seufzte. „Es ist einfach eine schlimme Situation, aber dass Bruce nicht mehr da ist, kommt Ansel am meisten zugute, da Jane ihre dumme Hoffnung aufgeben muss. Und wenn du Ansel kennenlernst, wirst du feststellen, dass er zu Jane zwar süß und kuschelig ist, der Rest von Eastwind sich jedoch von ihm fernhält. Er hat ein ziemlich aufbrausendes Temperament."

„Danke für die Warnung", sagte ich. „Ich werde daran denken." Im Salon begann ein wunderschönes Stück Harfenmusik zu spielen. Ich fragte mich kurz, ob es die ganze Zeit gespielt und ich es nur nicht bemerkt hatte, oder ob es gerade erst angefangen hatte. Die Schönheit rührte mich fast zu Tränen.

Moment, Musik, die mich fast zu Tränen rührte? War ich schon wieder dran? Ich dachte, ich hätte noch gute zwei Wochen Zeit.

„Wirst du mit ihm reden?", fragte sie und sah mich mit zusammengekniffenen Augen an. Dann schien es Klick zu machen. „Oh! Warte! Versuchst du, den Mord aufzuklären?"

Ich zuckte mit den Schultern. „Ich denke schon."

Sie beugte sich wieder vor und flüsterte: „Machst du das, damit Deputy Manchester dich nicht verhaftet? Ich habe gehört, du bist eine Verdächtige." Sie verzog mitfühlend das Gesicht und fügte dann hinzu: „Ich glaube jedoch nicht, dass du es getan hast. Warum solltest du auch? Außerdem bin ich ein guter Menschenkenner. Ich bin vielleicht keine Hexe wie du" – woher wussten alle, dass ich eine Hexe bin, wenn sie mich nur ansahen? – „Aber ich habe eine ziemlich gute Intuition dafür, wer ein reines Herz und wer ein schlechtes Gewissen hat."

„Das ist ein nützliches Talent", sagte ich.

„Gefällt sie dir?", fragte sie.

„Was meinst du?"

„Die Musik. Gefällt sie dir?"

„Oh. Ja. Ist mir gerade erst aufgefallen. Unter uns gesagt, hätte sie mich gerade fast zu Tränen gerührt."

„Ja, das war früher eines meiner Lieblingsstücke. Ich fürchte jedoch, dass es langsam nervig wird, wenn man es zu oft hört. Ich freue mich, dass du es genießen kannst." Sie drehte den Stuhl, um mir zu signalisieren, dass es Zeit für mich war zu gehen, und ich folgte ihr zum Empfang. „Ladavian, da Nora neu in der Stadt ist, möchte ich ihr das Gefühl geben, willkommen zu sein. Das geht auf mich."

Ich blickte schnell von Ladavian zu Tandy. „Was? Nein, das ist nicht nötig. Ich habe Geld."

Sie legte sanft eine Hand auf meine Schulter, um mich zum Schweigen zu bringen, und ich starrte in ihre wunderschönen Augen, während die ganze Bitterkeit darüber, wie viel hübscher sie war als ich, unter der Welle der Bewunderung für ihr Aussehen verschwand. „Bitte, Nora. Ich muss heute jemandem was Gutes tun."

Das verstand ich. Manchmal konnte die Trauer nur durch eine nette Geste anderen gegenüber gelindert werden. „Okay. Aber ich komme zurück, und dann musst du mein Geld nehmen. Deal?"

Strahlend hob sie eine Hand und fuhr mit ihren Fingern durch mein Haar, wo es vor meinen Schultern hing, um ihm mehr Fülle zu verleihen. „Deal. Tu mir nur einen Gefallen, ja?"

„Natürlich."

„Geh und sprich gleich mit Ansel. Er arbeitet im Whirligig's Garden Center. Großer, muskulöser dunkelhäutiger Typ. Wenn ich das so sagen darf, sieht er gar nicht so schlecht aus. Wenn du den Mord an Bruce aufklären willst, musst du mit Ansel sprechen. Ich verspreche dir, Deputy Manchester wird nicht daran denken. Verdammt, er hat noch nicht einmal mich besucht. Es scheint, als würde jeder richtige Gesetzeshüter zuerst mit der Freundin reden wollen." Sie seufzte. „Ich freue mich, dass du hier bist, Nora."

Die Harfenmusik erreichte im Hintergrund ihr Crescendo, und ich überraschte mich selbst, als ich ehrlich sagte: „Ich mich auch."

Sie ging mit mir zur Tür, und als Grim aufstand und herüberkam, schnappte Tandy nach Luft. „Gehört er dir?"

„Ähm, in gewisser Weise."

„Ich wette, dein Vertrauter hasst das", sagte sie.

„Er, ähm ... er *ist* mein Vertrauter."

Sie drehte sich schnell um und starrte mich an. „Dein Vertrauter ist ein Hund?"

Ich zuckte mit den Schultern. „Ja. Sieht so aus."

„Hm." Sie starrte Grim an. „Hm."

Er hielt Abstand zu uns und beäugte mich verurteilend. *„Bist du mit deinem Mädchenkram fertig? Können wir uns wieder an die Aufklärung des Mordes machen?"*

Ich warf ihm einen scharfen Blick zu.

„Weißt du", sagte Tandy, „ich bin ziemlich talentiert im Umgang mit Tieren. Ich kann ihn gern für dich waschen und ihm die Haare schneiden. Ich sollte morgen Zeit dafür haben."

„Ja!", sagte ich begeistert. „Das wäre wunderbar, Tandy. Ich denke, Grim würde das wirklich genießen."

„Wenn dieses Feending auch nur eine Hand an mich legt, werde ich alles in diesem Salon aggressiv markieren. Du wirst nicht glauben, wie viel ich pinkeln kann, bis du mich in Aktion siehst."

Tandy ging in die Hocke und streckte Grim eine Hand entgegen. „Komm her, Junge. Lass mich einen Blick auf den Filz werfen."

Grim wich zwei Schritte zurück.

„Er ist ein bisschen schüchtern", erklärte ich. „Er war der Kleinste im Wurf und wurde immer gehänselt. Jetzt vertraut er niemandem. Außer mir. Arme, verletzte Seele."

„Ich hoffe, du hast Spaß daran", sagte Grim. *„Weil ich einen Weg finden werde, es dir heimzuzahlen."*

„Was war das?", fragte ich ihn und wandte mich dann Tandy zu. *„Er fragt, ob du Shampoo mit Lavendelduft hast. Es ist sein Lieblingsduft."*

„Natürlich! Ich werde dafür sorgen, dass es morgen da ist."

„Hört sich großartig an. Bis dann."

Ich winkte Tandy zum Abschied und drehte dem Salon den Rücken zu. „*Okay, Grim, wo ist Whirligig's Garden Center?*"

„*Du erwartest doch nicht etwa, dass ich dir jetzt noch helfe?*"

„*Ach, komm schon, ich hab' doch nur ein bisschen Spaß gemacht. Ich würde nicht zulassen, dass sie dich in Lavendel badet.*"

„*Ach, wirklich?*"

„*Ja, ich mag den Duft von Rosmarin viel mehr. Ich würde sie dich damit einseifen lassen.*"

„*Oh, du bist ja SO lustig*", sagte er sarkastisch und trottete vor mir her. „*Hier entlang zum Gartencenter, Prinzessin Scherzkeks.*"

Kapitel Acht

Ich lernte schnell, dass Grim passiv-aggressiver war als jeder andere Hund, dem ich je begegnet war.

Er brachte uns zwar zum Gartencenter, aber erst, nachdem wir mehrmals an denselben Punkten in der Stadt vorbeigegangen waren. Meine Füße brachten mich um, und nachdem ich seit dem Frühstück nur ein paar Bissen Lasagne gegessen hatte, knurrte mein Magen heftig, als wir die mit Rankpflanzen bewachsenen Torbögen erreichten, die zum Gartencenter führten.

Die schmale, gepflasterte Seitenstraße öffnete sich am Ende zweier Steingebäude, und was dahinter lag, war fast unglaublich.

Dies war entweder Whirligig's Garden Centre oder einfach der Garten Eden. Ich würde immer noch auf Letzteres wetten. Ich fragte mich, ob mich das Betreten des Gartencenters in eine ganz andere Welt versetzen würde.

Eine hohe Steinmauer erstreckte sich in beide Richtungen und grenzte hinter ihren Steinen und Ziegeln die Innenstadt von Eastwind aus, aber davon war kaum etwas zu sehen, da die Mauer so dicht mit Reben und violetten Blüten überzogen war.

Die Innenstadt von Eastwind sah schon so aus, als wäre sie einem Märchen entsprungen, aber das Gartencenter legte, was das anging, noch einen drauf. So eine Üppigkeit hatte ich noch nie gesehen. Die Bäume waren mit Moos bewachsen, das mit weiterem Moos bewachsen war. Es war, als hätte jemand eine Leinwand leuchtend grün bemalt und dann hier und da kräftige Farbspritzer hinzugefügt, nur um zu beweisen, dass alles, was man über Pflanzen zu wissen glaubte, vollkommen falsch war.

Ich stand am Eingang, einem Tunnel aus steinernen Torbögen, überwuchert von Ranken, die sich von einem Bogen zum nächsten erstreckten und einen hübschen Baldachin bildeten.

„Warum sind wir hier?", fragte Grim.

Ich hatte vergessen, dass er nicht an dem Gespräch mit Tandy beteiligt gewesen war. *„Wir müssen mit Ansel Fontaine reden."*

„Ansel wie in Werbär Ansel?"

„Ja."

Grims Schwanz wedelte. *„Er läuft manchmal in Bärengestalt mit mir durch die Deadwoods. Werbären können echte Idioten sein, aber Ansel ist cool."*

„Tandy sagte, er sei aufbrausend."

Grim nickte mit seinem großen Kopf. *„Oh ja. Daran besteht kein Zweifel. Ich habe gesehen, wie er einen Baum umgerissen hat, als er wütend war."*

„Ja. Okay. Dann werde ich versuchen, ihn nicht zu verärgern."

Ich folgte, als Grim unter den Torbögen hindurchschritt. *„Nein"*, sagte er. *„Er würde nie einer Frau wehtun."*

„Ich bin froh, das zu hören. Aber es war keine Frau, die letzte Nacht ermordet wurde."

„Glaubst du, er hat Bruce ermordet?"

„Ich glaube noch nichts dergleichen. Tandy hält das für eine Möglichkeit."

„Tandy dachte auch, ich würde mich von ihr in Lavendel baden lassen, also weiß sie vielleicht überhaupt nichts."

Grim sprintete voraus, um Ansel zu begrüßen, als er ihn entdeckte.

Tandy hatte nicht übertrieben, als sie gesagt hatte, Ansel sei attraktiv. Es half wahrscheinlich auch, dass er sein Hemd ausgezogen hatte und der Schweiß auf ihm glitzerte wie der Tau auf Geißblatt und nur darauf wartete, abgeleckt zu werden.

Kleine Setzlinge standen auf drei Seiten um Ansel herum, und wie es aussah, war er dabei, sie in größere Töpfe umzutopfen. Er hatte gerade einen, dessen Wurzeln voller Erdklumpen waren, in einen zu großen Topf gesetzt, als Grim zu ihm trottete.

„Hey Mann!", sagte Ansel, als er Grim entdeckte. „Was führt dich aus den Deadwoods heraus?" Er erwartete keine Antwort, was gut war, denn Grim gab ihm keine. Stattdessen setzte sich der Hund vor ihn und bot ihm eine Pfote an, die Ansel nahm und schüttelte.

„Ansel Fontaine?", fragte ich, als ich näherkam.

Er blickte zu mir auf, und seine entspannte Haltung verschwand und machte unverhohlenem Misstrauen Platz. „Ja?"

„Hi. Ich bin Nora Ashcroft. Ich bin, ähm, neu in der Stadt." Shit. Ich wusste nicht, was ich jetzt sagen sollte. Ich konnte nicht einfach anfangen, ihn auszufragen. Er wusste nicht, wer ich war, und er war aufbrausend. Wenn er derjenige war, der Bruce getötet hatte, wäre das ein Rezept für eine Katastrophe.

Stattdessen schlug ich einen anderen Weg ein.

„Sie kennen Grim?"

Ansel hob eine Augenbraue. „Wen?"

„Oh. Ich meine ihn." Ich deutete auf den Hund.

„Ah. Ich wusste nicht, dass er einen Namen hat. Aber ich denke, das passt. Ja, er und ich kennen uns schon lange." Er musterte mich von oben bis unten. „Ich bin gespannt, wie Sie ihn dazu überredet haben, aus dem Wald zu kommen und in die sogenannte zivilisierte Gesellschaft einzutreten."

„Er hatte keine große Wahl", sagte ich. „Er ist mein Vertrauter."

Einen Moment lang starrte Ansel mich ausdruckslos an. Dann warf er den Kopf in den Nacken und lachte.

„Das ist so peinlich", stöhnte Grim und zog den Schwanz zwischen seine Beine.

„Mann!", sagte Ansel, als er wieder in der Lage war zu sprechen. „Ich hätte nie gedacht, dass ich den Tag erleben würde, an dem du domestiziert wirst."

„Sag ihm, dass ich nicht domestiziert bin."

„Er ist nicht wirklich domestiziert", sagte ich. „Und wenn ich ehrlich bin, ist keiner von uns besonders glücklich darüber, dass er mein Vertrauter ist."

Ansel wischte sich eine Träne aus den Augen. „Woo, Mann. Das habe ich gebraucht. Und ich habe noch nie von einem Hund als Vertrautem gehört. Na ja, nein, Moment, hat Ruby nicht auch einen?"

Ich nickte. „Clifford."

„Ja." Er kniff die Augen zusammen. „Sind Sie wie sie?"

„Ehrlich gesagt bin ich mir noch nicht sicher. Ich bin gerade erst angekommen. Ich wusste bis heute Morgen nicht einmal, dass ich eine Hexe bin."

Er warf den Kopf zurück. „Oh Mist. Das ist hart."

„Ganz meine Meinung."

„Wo wohnen Sie?"

„Rubys Haus."

„Ahh ..." Er kniff nachdenklich die Augen zusammen, und

ich bemerkte, dass er die Puzzleteile zusammenfügte. Neue Hexe in der Stadt. Ein Hund als Vertrauter. Ich wohnte bei Ruby. Ich kam am Tag nach einem Mord zu ihm.

„Ich nehme an, Sie sind nicht hergekommen, um Pflanzen zu kaufen", sagte er.

„Nicht heute."

„Sie sind wegen des Mordes an Saxon hier."

Ich nickte.

„Dann ist Ruby also jetzt wirklich im Ruhestand." Er seufzte. „Ich habe nicht vor, Sie anzulügen. Ich habe Bruce gehasst. Die Art und Weise, wie er Jane behandelt hat" – die Muskeln in seinen Unterarmen spannten sich an, als er seine behandschuhten Hände zu Fäusten ballte – „war einfach nicht richtig. Niemand sollte irgendjemanden so behandeln. Er hat auch immer seine anderen Frauen vor ihr zur Schau gestellt."

„Ja, langsam festigt sich bei mir der Eindruck, dass Bruce eine Schwäche für Frauen hatte."

„Das können Sie laut sagen. Und aus Gründen, die ich nicht begreifen kann, hatten sie eine Schwäche für ihn."

„Haben er und Jane sich deshalb scheiden lassen?"

Er zögerte und schnitt eine Grimasse. Dann löste sich die Spannung in seinen muskulösen Armen. „Mehr oder weniger. Sie hatte den Verdacht, dass er sie betrogen hat. Es hat allerdings eine Weile gedauert, bis sie zu diesem Schluss gekommen ist. Sie hatte einfach angenommen, dass Bruce das Flirten nicht sein lassen konnte, mehr nicht. Doch dann kam eins zum anderen. Er behauptete, er sei an einem Ort gewesen, und ein paar Tage später änderte er seine Geschichte. Eine Handvoll seiner Verehrerinnen fing an, sich etwas zu vertraut zu verhalten, wenn sie in das Medium Rare kamen. Und Jane musste dasitzen und zusehen, wie alles passierte. Schließlich hatte sie genug. Sie hat ihm Untreue vorgeworfen und gesagt, sie wolle sich scheiden lassen. Er hielt es für einen Bluff und stimmte zu, obwohl er darauf beharrt hat, dass er sie nicht betrogen habe. Am Ende hat er versucht, ihr die Schuld an der Scheidung zu geben. Er sagte, er könne nicht mit einer Frau zusammen sein, die nicht an seine Treue glaubte. Dieser Arsch hat das Opfer gespielt." Er schüttelte den Kopf und presste die Lippen aufeinander. In seinen Augen lag unverhohlene Wut. Es war ein Glück, dass Bruce tot war und nicht bei uns im Gartencenter stand, sonst hätte Ansel ihn vielleicht direkt vor meinen Augen getötet.

„Aber ich wusste es", fuhr Ansel fort. „Verdammt, die ganze Stadt wusste es. Es dauerte keine Woche, nachdem die Scheidung durch war, bis er anfing, mit Tandy rumzurennen, sie überallhin mitzunehmen und mit ihr anzugeben. Dann hat er eine Weile mit dem Angeben aufgehört, und ich dachte, er wäre darüber hinweg und Jane auch, aber letzte Woche hat er Tandy zu einem Date zu Franco's Pizza ausgeführt und den Schmerz und die Verbitterung in Jane wieder aufgewühlt."

„Oh Gott, das ist schrecklich." Ich verspürte den natürlichen weiblichen Impuls, Jane zu einem Hardcore-Weinabend einzuladen. Mit Pyjamas, Snacks, Schokolade, was auch immer Eastwinds Netflix-Äquivalent war, viel Reden – eben allem, was dazu gehört.

„Ich will ehrlich zu Ihnen sein", fügte Ansel hinzu. „Ich habe die ganze letzte Woche damit verbracht, davon zu träumen, Bruce zu ermorden."

Das riss mich wirklich aus meinen genussvollen Weinabend-Träumen. „Wie bitte?"

„Jane konnte nicht loslassen. Vor allem, weil sie es nicht wollte. Jedes Mal, wenn sie halbwegs über ihn hinweg war, fand er einen Weg, sie daran zu erinnern, dass es ihm ohne ihr gutging. Sie hat vielleicht die Scheidung eingeleitet, aber es war, als wäre er fest entschlossen, es ihr bei jeder Gelegenheit unter die Nase zu reiben." Er bewegte sich auf mich zu, und ich konnte die Wut spüren, die wie heiße Wellen von ihm ausging. „Ich liebe diese Frau mehr als alles andere auf dieser Welt, und ich weiß, dass sie mich liebt, aber ich würde nie so mit ihr zusammen sein können, wie ich es wollte, solange Bruce in der Nähe war und sie jedes Mal wieder in seine Richtung gezogen hat, wenn sie ihr Leben weiterleben wollte."

Ich konnte nicht atmen. War das ein Geständnis? Es hörte sich auf jeden Fall wie eines an.

„Ich habe davon geträumt", sagte er. „Ich habe Fantasien durchgespielt, wie ich ihn ermorden und damit ungestraft davonkommen könnte. Vielleicht seinen Leichnam irgendwo außerhalb der Außenbezirke in den Deadwoods abladen, damit seine Knochen, wenn er gefunden würde, sauber genagt wären. Es gab Tage, da habe ich mich in meinen Bären verwandelt, einen Baum zerschmettert und mir vorgestellt, es wäre Bruce." Er zog sich einen Schritt zurück. „Damit habe ich mich besser gefühlt, aber es hat Jane nie geholfen." Er seufzte. „Am Ende konnte ich es nie tun, weil sie ihn immer noch geliebt hat, so krank es auch war. Bruce zu töten, hätte sich unglaublich angefühlt, aber es hätte der Frau, die ich liebe, wehgetan. Das konnte ich nicht.

Ich habe ihn nicht ermordet, aber ein Teil von mir wünschte, ich hätte es getan." Er lachte freudlos und deutete auf einige leuchtend gelbe Blüten neben sich. „Lassen Sie es mich wissen, wenn Sie herausgefunden haben, wer es getan hat, und ich schicke demjenigen ein paar Blumen."

Mein Herz pochte immer noch, und ich sah auf Grim hinunter, der langsam mit dem Schwanz wedelte. *Siehst du? Was an diesem Typen ist nicht liebenswert?*

Mindestens einer von uns fand mörderische Wut liebenswert.

„Wenn Sie raten müssten", begann ich, „auf wen würden

Sie ihr Geld verwetten? Ich meine, wer hat es Ihrer Meinung nach getan?"

Er zuckte mit den Schultern. „Könnte eine Menge Leute gewesen sein. Bruce war bei den Frauen sehr beliebt, bei den Männern dieser Frauen jedoch nicht so sehr. Er könnte was mit dem falschen Mädchen angefangen haben. Oder vielleicht" – er hielt inne und sah sich um, ob wir allein waren – „hatte jemand einen finanziellen Vorteil von seinem Tod. Immobilien in Eastwind sind nicht billig, selbst am Stadtrand. Das Medium Rare steht gut da. Ich weiß, dass Jane immer die Begünstigte war, aber ich gehe davon aus, dass er das nach der Scheidung geändert hat."

„Sie hatten aber keine Kinder, oder?"

„Zum Glück nein."

„Also, an wen würde das Diner gehen?"

Er zuckte mit den Schultern, und die Bewegung ließ die Schweißperlen auf seiner Brust das Licht einfangen … und meine Aufmerksamkeit.

Konzentrier' dich, Nora!

„Meine beste Vermutung wäre Mr. Sympathisch persönlich. Jeder hinterlässt diesem Jungen was in seinem Testament. Es würde mich nicht überraschen, wenn Bruce ihn als Alleinerben eingesetzt hätte. Wäre nicht das erste Mal, dass jemand das für jedermanns Lieblingswaisen getan hätte."

„Ähm, verzeihen Sie mir, dass ich das nicht weiß, aber ich bin neu hier. Von wem genau reden Sie?"

„Tanner. Tanner Culpepper."

„Der umwer– ähm. Der, der im Medium Rare arbeitet?"

Er nickte. „Alle lieben diesen Typen. Ich schwöre, jedes Mal, wenn jemand stirbt, steht er in seinem Testament. Nach ein paar Malen wird es für meinen Geschmack etwas zu verdächtig. Und jeder weiß, dass Tanner das Medium Rare liebt, als wäre es sein Zuhause. Ich verurteile ihn nicht von vornherein, aber ich halte es für klug, einen Blick auf das Testament zu werfen. Wenn es nicht Tanner ist, dann ist es jemand anderes, und dieser Jemand könnte sehr gut Ihr Mörder sein."

„Sie hören sich nicht an wie ein Fan von Tanner", bemerkte ich und versuchte, mir nicht anmerken lassen, wie sehr mich dieser Gedanke ärgerte.

Ansel hob beschwichtigend die Hände. „Ich finde ihn großartig. Ich habe nichts gegen ihn. Ich sage nur, dass jemand, der die ganze Zeit so nett ist, etwas verbergen muss. Er ist einfach ein bisschen zu nett, wissen Sie? Wenn er sich nicht gerade den Hintern abarbeitet, rennt er durch die Stadt und hilft kleinen alten Hexen, die Straße zu überqueren, oder baut jemandes Haus wieder auf, nachdem ein Zauber nach hinten losgegangen ist, oder macht persönliche Hausbesuche bei seinen Stammgästen, wenn sie ein paar Tage lang nicht vorbeikommen. Und er verlangt nie etwas dafür. Warum sollte irgendjemand so nett sein?"

Er hatte recht. Und es hatte Ähnlichkeiten mit Janes Argumenten gegen Tandy. Vielleicht passten Jane und Ansel doch gut zusammen.

Aber ich glaube gern, dass es selbstlose Menschen auf der Welt gibt. Ich habe einfach noch nicht viele getroffen. Oder irgendeinen. „Da haben Sie einen guten Punkt", sagte ich. „Ich werde Bruce fragen, wer in seinem Testament steht, und dann werde ich dieser Spur folgen."

Er warf mir einen Seitenblick zu. „Moment! Haben Sie gerade gesagt, dass Sie Bruce fragen werden? Den toten Bruce?"

„Ähm ..." Ich sah Grim hilfesuchend an, aber er hatte sich ein paar Meter vom Gespräch entfernt und rollte sich in einem frischen Blumenbeet. „Nein?"

Ansel war zu scharfsinnig. „Das ergibt einen Sinn. Darum sind Sie hier, oder? Es ist nicht das erste Mal, dass Bruce nicht aufhört, eine schöne Frau zu belästigen, die kein Interesse an ihm hat. Ich weiß nicht, warum ich erwartet habe, dass er sich ändert, nur weil er tot ist."

Ich versuchte, mich nicht auf die Tatsache zu konzentrieren, dass er mich gerade „schön" genannt hatte.

„Also weiß er wohl auch nicht, wer ihn getötet hat?", fügte Ansel hinzu.

Da er über mich Bescheid wusste, beschloss ich, ehrlich zu sein. „Nein. Er hat nicht gesehen, wer es war."

„Scheiße für Sie."

Ich kicherte. „Ja. Ja, das ist es."

„Ich mache mich besser wieder an die Arbeit."

„Danke für die Unterhaltung."

Er nickte. „Und tun Sie, was ich Ihnen gesagt habe. Finden Sie heraus, wer das Medium Rare bekommt. Das würde ich tun … wenn ich mit den Toten reden könnte."

Ich nickte und rief Grim zu mir. Doch bevor wir drei Meter weit gekommen waren, rief Ansel uns hinterher: „Oh, und können Sie mir einen Gefallen tun?"

Immer diese Gefallen! „Sicher", sagte ich.

„Sagen Sie Bruce, dass …"

Ich erspare Ihnen den Rest der Nachricht an ihn, da es nichts Nettes war.

„Bis später, Grim", sagte Ansel in neckendem Ton. Grim winkte ihm mit der Pfote zu und ging mir voraus aus dem Gartencenter.

Ich musste zu Ruby True zurückkehren und mit dem alten Bruce reden.

Kapitel Neun

„Du hattest bei keinem von ihnen ein starkes Gefühl?", fragte Ruby, als sie mir gegenüber am Stubentisch saß. Sie war so freundlich gewesen, mir nach meiner Rückkehr aus dem Gartencenter einen herzhaften Rindfleischeintopf zu kochen. Ich war erstaunt, wie schnell sie das schaffte. Sie verfügte vielleicht nicht über dieselben Kräfte wie die meisten Hexen, aber sie kannte sich auf jeden Fall in der Küche aus. Und sie schien dieselben Vorlieben zu haben wie ich.

Nicht die Vorliebe für Haute Cuisine. Das war etwas, zu dessen Entwicklung ich mich gezwungen hatte. Der Eintopf war simpel – Rinderbrühe, Kartoffeln, Karotten, Zwiebeln, Kohl und Knoblauchzehen mit dicken Stücken zarten Rindfleischs –, aber er sättigte mich auf eine Weise, die über meinen grundlegenden Hunger hinausging. Er gab mir ein Gefühl der Ruhe und Geborgenheit, wie es sich für gute Hausmannskost gehört.

Ich musste sie bitten, mir das Rezept aufzuschreiben.

Clifford, Rubys Vertrauter, der genauso groß war wie Grim, aber feuerrotes Haar mit ein paar grauen Strähnen dazwischen hatte, bellte im Schlaf von seinem Platz am Feuer aus. Ich hatte ihn noch nicht in Bewegung gesehen. Es war fast so, als ob er bereits dösend aus dem Nichts aufgetaucht wäre. Vielleicht werde ich eines Tages auch Zeit finden, so viel Schlaf zu bekommen.

Aber nicht so schnell. Ich musste mich um dringende Angelegenheiten kümmern, da ich langsam wieder zu Verstand kam und mich dem Grund meiner Holzschüssel näherte.

„Ich hatte starke Gefühle über diese Leute, aber es war schwer, das Persönliche vom Objektiven zu trennen."

„Soll heißen?", fragte Bruce von seinem Platz direkt über einem Stuhl, den Ruby netterweise für ihn herausgezogen hatte, damit er sich setzen konnte. Ich fragte mich, ob es ihm peinlich war, dass er das Bedürfnis hatte, so zu tun, als würde er sitzen, obwohl jeder sehen konnte, dass es zwischen ihm und dem Stuhl keinen echten Kontakt gab.

„Das soll heißen, dass ich nicht glaube, dass es Ansel war, aber ich weiß nicht, ob das daran liegt, dass Grim ihn wirklich mag, oder daran, dass seine Ehrlichkeit darüber, wie gerne er dich ermordet hätte, für einen Mörder etwas zu dreist war.

Dann ist da noch Tandy, die ich – nichts für ungut, Bruce – auf Anhieb nicht leiden konnte. Aber das liegt wahrscheinlich eher daran, dass ich jemandem gegenüber kleinlich bin, der so schön ist, als daran, dass sie etwas mit deinem Mord zu tun hätte. Und dann habe ich angefangen, ihr zu vertrauen, je mehr wir uns unterhielten, aber ich bin mir nicht sicher, ob das daran lag, dass ich nachvollziehen konnte, warum sie zur Arbeit gegangen ist, anstatt zu Hause zu bleiben, oder weil sie kostenlos dafür gesorgt hat, dass meine Haare so gut ausse-hen." Ich hob die Hand, bevor jemand ein Wort sagte. „Ich weiß, und ich bin nicht stolz darauf. Und dann ist da noch Jane." Ich hielt inne und war unsicher, was ich sagen sollte, um zu erklären, warum ich wusste, dass sie es nicht getan hatte, ohne sie zu verraten.

„Du kannst mir nicht weismachen, dass sie es nicht auf mich abgesehen hat", sagte Bruce. „Als ich das letzte Mal bei Franco's Pizza war, hat sie mir fast den Kopf abgebissen. Ich meine, im wahrsten Sinne des Wortes. Sie fing an, sich in ihren Wolf zu verwandeln, so wütend war sie. Sie sagte mir, dass sie beinahe Lust hätte, die Verwandlung zu beenden und mich in Stücke zu reißen."

Ich ging davon aus, dass es sich um denselben Besuch handelte, den Ansel erwähnt hatte, aber ich musste sichergehen. „Hast du zufällig Tandy mitgebracht, als du das letzte Mal bei Franco's Pizza warst?"

Sein durchsichtiger Mund öffnete sich, aber es kamen keine Worte heraus.

Ruby machte sich nicht die Mühe, ihr Urteil zu verbergen, als sie ihre Augenbrauen hochzog und sich ein wenig auf ihrem Stuhl umdrehte, um ihn direkt anzusehen. „Nun, ist das nicht interessant?", sagte sie, verschränkte die Arme und lehnte sich zurück, um ihn besser ansehen zu können.

„Was?", sagte er schließlich. „*Sie* war diejenige, die *mich* um die Scheidung gebeten hat! Danach darf ich mich mit niemandem verabreden?"

„Bruce", sagte Ruby kalt. „Wir haben keine Zeit für deinen Unsinn. Du weißt genauso gut wie jeder andere, dass man seine neue Liebhaberin nicht an den Arbeitsplatz seiner Ex bringt."

„Aber die Lasagne ist so gut!", protestierte er schwach. „Ich muss auf Lasagne verzichten, nur weil meine Ex-Frau sich entschieden hat, im besten Restaurant der Stadt zu arbeiten? Abgesehen vom Medium Rare natürlich", fügte er schnell hinzu.

„Ja", sagten Ruby und ich gleichzeitig. Dann ergänzte ich:

„Tut mir leid, aber das ist einer der Gründe, warum eine Scheidung scheiße ist."

Er verstand es jedoch nicht, also versuchte ich einen neuen Ansatz, um es ihm klarzumachen, ohne Jane unverhohlen zu outen. „Was glaubst du, warum Jane deiner Meinung nach so wütend war, als du Tandy zum Abendessen dorthin mitgebracht hast?"

„Weil sie alles an mir hasst", sagte Bruce schmollend.

„Versuch's nochmal", sagte ich.

Er hielt inne, um darüber nachzudenken, und sagte dann langsam: „Sie war eifersüchtig?"

Ich nickte und bedeutete ihm, dass er weiterdenken sollte.

„Aber sie hat Ansel. Sie hat ihr Leben auch weitergelebt."

„Hat sie?", fragte ich.

„Hmm", sagte er. Dann: „Hmm ... ja, ich denke, das ergibt einen Sinn." Er senkte den Kopf und schüttelte ihn langsam. „Ich hatte keine Ahnung." Er hob seine durchsichtigen Hände zu seinem Gesicht. „Was für ein Idiot ich gewesen bin."

Ich hatte Mitleid mit dem Mann, aber gleichzeitig verstand er für jemanden, der ein echter Weiberheld zu sein schien, die Frauen wirklich schlecht.

„Ich glaube nicht, dass Jane deinen Tod gewollt hat", schlussfolgerte ich. „Aber ich muss etwas wissen, Bruce."

Er hob seinen Kopf und sagte mit selbstmitleidiger Stimme. „Ja?"

„Wer bekommt das Medium Rare, jetzt, wo du tot bist?"

Er setzte sich aufrecht hin. „Na ja, Tanner natürlich."

Natürlich.

Scheiße, Ansel war da vielleicht einer Sache auf der Spur.

„Und weiß er das?", fragte ich und hoffte, dass dem nicht so war. Solange Tanner nichts davon wusste, war das Testament kein Motiv.

Bruce dachte darüber nach. „Also, ich bin mir nicht sicher.

Ich hatte es erst letzte Woche geschafft, es von Jane auf Tanner umzuschreiben. Im Diner war so viel los, dass ... nein, ich glaube nicht, dass ich es ihm gegenüber erwähnt habe."

Ich atmete erleichtert auf. „Dann kann er kein Verdächtiger sein."

„Ich meine, vielleicht hat er von jemand anderem davon gehört", fügte Bruce hinzu.

„Von wem zum Beispiel?"

Er verzog das Gesicht, was Wellen durch seine ganze Gestalt schickte. „Quinn Shaw war mein Notar, also war er für die Änderungen verantwortlich. Ich bezweifle, dass er die Begünstigten vor meinem Tod informieren würde, aber es ist ziemlich wahrscheinlich, dass er es seinem Sohn Seamus erzählt hat."

„Warum sollte er es seinem Sohn erzählen?"

„Quinn versucht seit Jahren, Seamus in das Familienunternehmen zu holen. Leider hat Seamus Probleme mit ... nun ja, mit allem, wozu man Verantwortungsgefühl braucht. Und Seamus trinkt gern. Ich würde es ihm zutrauen, dass er Tanner von der Testamentsänderung erzählt hat und dass er nach meinem Tod das Medium Rare bekommt. Ich habe die beiden mal zusammen unten im Sheehan's Pub gesehen. Könnte da passiert sein."

„Ich schätze, es gibt nur einen Weg, das zu klären", sagte ich, und mein Herz setzte bei dem Gedanken einen Schlag lang aus. „Ich gehe morgen früh ins Medium Rare und unterhalte mich mit Tanner."

Kapitel Zehn

Ich hasste es, wie nervös ich war, als ich mich am nächsten Tag dem Medium Rare näherte. Und bevor Sie im Zweifel zu meinen Gunsten entscheiden: Nein, ich hatte keine Angst davor, mit einem möglichen Mörder zu sprechen. Ich war aus persönlichen Gründen nervös, Tanner wiederzusehen. Nämlich, weil ich ihn nicht mehr aus dem Kopf bekommen konnte.

Mein Blick fiel durch die Fenster zur Straße auf ihn, bevor ich das Diner überhaupt betrat. Es war, als würde er von einem Magneten angezogen.

Erst, als das Glöckchen über der Tür klingelte und ich den warmen Gastraum betrat, fielen meine Augen auch auf das Mädchen, mit dem er an der Theke sprach.

Ich hätte mich fast umgedreht und wäre wieder hinausgegangen.

Sie war viel hübscher als ich, und zwar auf diese Mädchen-von-nebenan-Art, nach der Männer verrückt sind. Kurven hatte sie auch. Ihr Gesicht war rund und jugendlich auf eine Weise, die zu offenen und freundlichen Gesprächen mit

Fremden einlädt. Im Gegensatz dazu war mir mehr als einmal gesagt worden, dass ich unter einem ausgeprägten Fall von „Resting Bitch Face" leide, und damit war nicht der weibliche Werwolf gemeint.

Ich war keine Konkurrenz für sie. Natürlich würde Tanner einem solchen Mädchen nachjagen. Sie waren zwei perfekte Rosen, und als ich wie ein angewurzelter Idiot dastand und zusah, wie die beiden sich unterhielten, konnte ich allein an ihrer Körpersprache erkennen, dass sie wahrscheinlich genauso nett und freundlich war wie er. Wenn dieser Ort die typische Highschool-Szene hätte, würde ich darauf wetten, dass die beiden Ballkönig und Ballkönigin des alljährlichen Abschlussballs waren. Wahrscheinlich sogar unbestritten.

Schließlich bemerkte Tanner mich, und sein Gesicht leuchtete auf. „Nora! Wir haben gerade über dich gesprochen! Komm her!" Er winkte mich übertrieben zu sich, und ich lächelte und näherte mich, als wäre ich nicht gerade in Gedanken damit beschäftigt, mir eine ganze Lebensgeschichte für die beiden auszudenken.

Das Mädchen drehte sich auf seinem Stuhl um und sah mich direkt an.

Mist! Allein ihr Anblick entspannte mich. Das war niemand, der mich verurteilen würde; das war jemand, der mir sagte, ich solle aufhören, mich selbst zu verurteilen. Ugh. Solche Leute waren zu gleichen Teilen entzückend und nervig.

„Nora, das ist Zoe Clementine. Sie ist vor Kurzem von Avalon hierhergezogen."

„Oh." Das änderte die Situation. Zumindest war das Szenario von Ballkönig und Ballkönigin vom Tisch. „Freut mich –"

„Oh mein Gott, ich freue mich so, dich kennenzulernen!", unterbrach Zoe mich. „Ich habe von Tanner so viele wundervolle Dinge über dich gehört. Und um ehrlich zu sein, ich habe mich seit meiner Ankunft ein bisschen wie eine Außenseiterin gefühlt, deshalb ist es schön, jemanden hier zu haben, der auch nicht in Eastwind geboren ist."

„Es gibt viele andere Leute aus Avalon, die in Eastwind leben", bemerkte Tanner.

Sie winkte ab. „Oh, natürlich, aber sie sind *avalonische* Avalonier. High Fashion, kultiviert, all das. Sie sind hierhergekommen, um Avalon nach Eastwind zu bringen. Ich bin hierhergekommen, um in dem Eastwind zu sein, das es ist. Diese Stadt ist einfach so süß!"

Zu Hause wäre Zoe nicht der Typ Mensch gewesen, mit dem ich Zeit verbrachte, aber nach etwas mehr als einem Tag in Eastwind begann ich mich zu fragen, ob die Person, die ich zu Hause war, jemand war, mit dem *ich* jetzt gern Zeit verbringen würde.

„Ich muss los", sagte sie und nahm eine Mitnahme-Box von der Theke. „Die Tiere können sich nicht selbst füttern!" Sie drehte sich zu mir um. „Es war toll, dich kennenzulernen, Nora. Wir müssen uns irgendwann zusammensetzen."

„Hört sich gut an." Fürs Protokoll: Ich meinte es so.

Als sie ging, erzählte mir Tanner alles. „Seit meine Großmutter letzten Sommer gestorben ist, leitet sie das Tierasyl meiner Großmutter."

„Tut mir leid, das von deiner Großmutter zu hören, Tanner."

„Schon gut. Ich meine, es ist nicht gut. Alle sind sich ziemlich sicher, dass sie mir das Tierasyl überlassen hat, aber ich habe keine Ahnung, wie man sich um all diese Tiere kümmert. Zoe wollte einen Job, hatte Erfahrung mit Tieren in Avalon, also haben wir uns darauf geeinigt, dass sie die inoffizielle Eigentümerin sein würde, bis das verdammte Testament seinen Weg durch die Pergamentkatakomben des Nachlassgerichts gefunden hat und wir mit Sicherheit wissen, wem das Tierasyl gehört."

„Und wie lange dauert das?"

„Oh, so vier- bis vierhundert Wochen. Organisation ist keine Stärke der Katakomben, Bürokratie dagegen schon. Offizielle Dokumente zu bekommen, ist eine echte Geduldsprobe in Eastwind." Er zuckte mit den Schultern. „Aber ich mache mir darüber keine Sorgen. Sie ist eine von den Guten. Wie auch immer, kann ich dir was zu essen bringen?"

„Gleich. Ich bin eigentlich hier, weil ich mit dir über was reden wollte." Mein Herz begann wieder zu pochen. „Unter vier Augen?"

Sein unbeschwerter Gesichtsausdruck wurde ernst. „Oh, okay. Ja. Sicher. Komm mit." Er führte mich zurück in die Küche, nicht weit vom Büro des Managers entfernt, wo der ganze Ärger begonnen hatte. „Alles okay?", fragte er, legte seine starke Hand auf meine Schulter, sah mir in die Augen und jagte Schauer durch meinen ganzen Körper.

„Ja, alles okay." Nachdem er seine Hand weggenommen hatte, konnte ich wieder denken. „Ich muss dich nur was fragen: Weißt du, wer das Restaurant im Falle von Bruce' Tod bekommt?"

Er verzog das Gesicht, als hätte ich ihm gerade einen Schlag gegen die Stirn versetzt. „Ähm, ja." Er schloss die Augen. „Ich habe mich schon gefragt, wann das zur Sprache kommen würde."

Interessant. „Woher weißt du es?", fragte ich.

Er zuckte schuldbewusst mit den Schultern. „Ich habe gehört, wie Bruce ein paar Wochen vor seinem Tod am Telefon darüber gesprochen hat. Es war nicht meine Absicht gewesen, zu lauschen. Ich habe nur ein paar Regale aufgeräumt, als es vorn ruhig war, und gehört, wie er darüber ins Telefon gebrüllt hat. Ich gehe davon aus, dass er mit Quinn Shaw gesprochen hat. Er ist alt und ein bisschen schwerhörig."

„Dann hast du es also nicht von Seamus Shaw gehört?"

„Oh doch, natürlich. Aber da wusste ich es schon. Ich weiß ehrlich gesagt nicht, warum Quinn Seamus irgendwas anvertraut. Ich war noch nicht einmal ganz über die Schwelle des Pubs, als Seamus mich entdeckt hat und zu mir gerannt kam, um mir davon zu erzählen."

Wieder der Pub. Mann, ich könnte ein Bier gebrauchen! Ich nahm mir vor, den Pub zu finden, sobald ich einen freien Moment hatte. Und wenn Tanner zufällig zur gleichen Zeit dort wäre und mir ebenso zufällig einen Drink spendieren wollte und wir weiterhin zufällig ...

Konzentrier' dich, Nora!

„Dir ist klar", begann ich, „dass dein Wissen darüber bedeutet, dass du *Mittel* hattest – die Kraft, eine Bratpfanne mit tödlicher Wucht zu schwingen – und *Gelegenheit* – du warst hinten bei Bruce, als er ermordet wurde – und jetzt auch ein *Motiv* – das Diner geht an dich."

„Glaubst du, ich habe es getan?", fragte er und sah bemerkenswert wie ein trauriger Welpe aus.

„Nein, das glaube ich nicht", antwortete ich wahrheitsgemäß. „Ich war hier, erinnerst du dich? Ich habe dein Gesicht gesehen. Ich habe viele gute Lügner kennengelernt, aber wenn das eine Show war, wäre das die beste, die ich je gesehen habe."

Ansels Theorie, dass jemand, der so sympathisch ist wie Tanner, etwas verbergen musste, ergab einen gewissen Sinn. Aber ich vermutete, dass, wenn Tanner etwas verbarg, es die tiefverwurzelte *Liebe* für jedes Lebewesen in Eastwind war.

„Ich bin froh, dass du mich nicht für einen Mörder hältst", sagte er. „Es ist gut zu wissen, dass ich mich in dieser Sache auf dich verlassen kann."

Oh nein. Er glaubte, dass er sich auf mich verlassen konnte? Wenn das mal nicht eine Last auf meinen Schultern war. Jetzt fühlte ich mich persönlich dafür verantwortlich, diesen Mord aufzuklären, damit Tanner nicht im Gefängnis landete. Ich vermutete, dass das Gefängnissystem in einer Welt voller tödlicher paranormaler Kreaturen nicht gerade zimperlich und nachsichtig war.

„Also was soll ich machen?", fragte er. „Einfach warten, bis sie kommen und mich verhaften?"

„Nein", sagte ich und sah ihn an. Ich packte ihn an der Schulter, um sicherzustellen, dass er hörte, was ich sagen wollte. „Du nimmst nicht die Schuld dafür auf dich. Ich weiß, dass du es nicht getan hast. Was du jetzt also tun musst, ist, mir ein Steak mit Eiern zum Mitnehmen zu braten und dich dann um dieses Diner zu kümmern, während ich herausfinde, wer Bruce ermordet hat. Okay?"

Er nickte.

„Löserin aller Probleme" war nicht meine Lieblingsrolle, aber nachdem ich viele Jahre als Managerin und Inhaberin eines Restaurants hinter mir hatte, war ich mit dieser Rolle bestens vertraut. Ich hatte nicht nur Tausende von Problemen gelöst, die meine Kellner verursacht hatten, sondern es war mir auch gelungen, Tausende von Problemen zu beheben, die Gäste aus dem Ärmel geschüttelt hatten. Es machte keinen Spaß, aber ich wusste, dass ich es schaffen konnte.

Und Tanners trauriges, verzweifeltes Gesicht war genau der Ansporn, den ich brauchte.

Auch den möglichen Vorteil dessen, dass er mir etwas schulden könnte, konnte ich nicht vollkommen außer Acht lassen.

Er eilte davon, um die Bestellung beim Koch aufzugeben, und ich kehrte zurück in den Gastraum und setzte mich an die Theke, um zu warten.

Als ich mich umsah, wurde mir klar, wie voll es so früh am Tag war. War Tanner der einzige Kellner? Er musste sich bestimmt dauernd mit Beschwerden herumschlagen.

Ted war wieder da und saß an derselben Stelle in der Ecke.

Er nickte und winkte. „Hi Nora!"

Ich kann Ihnen eines sagen, es ist immer wieder gruselig, wenn der Tod einen beim Namen ruft.

Er rutschte aus der Nische, wobei er über seine lange, pechschwarze Robe stolperte, und kam auf mich zu. Ich sah mich schnell um und, ja, die Leute starrten in unsere Richtung.

„Wie geht's dir, Nora?", sagte er und ließ sich auf dem Stuhl neben mir nieder.

„Oh, geht schon." Ich lächelte. War es möglich, die Unterhaltung kurz zu halten, ohne ihn zu verärgern? Wenn ja, würde ich es tun. Ich war ein Profi darin, Smalltalk abzuwürgen.

Aber Ted war nicht besonders gut darin, Hinweise zu verstehen. „Ich habe gehört, dass du gestern bei Echo vorbeigeschaut hast."

„Ja, habe ich."

„Das ist nicht nötig, weißt du? Du bist auch so hübsch genug."

Oh ... nein.

Der Tod flirtete mit mir.

Ich lachte. „Genau genommen war ich wegen was anderem dort. Aber danke."

„Ich meine es so", beharrte er.

„Hey, Ted", sagte Tanner und erschien wie ein Schutzengel aus dem Nichts. „Brauchst du irgendwas? Ich bin gleich bei dir. Ich war nur kurz hinten beschäftigt."

Ted stand auf, und ich konnte das deutliche Klappern von Knochen unter seiner Robe hören. „Nein, ich hab' alles, was ich brauche. Wollte nur Hallo sagen. Ich werde, äh, ich werde einfach ..." Er deutete mit dem Daumen wieder auf seine Nische. „War schön, dich wiederzusehen, Nora."

„Dich auch, Ted."

Als ich mich zu Tanner umdrehte, musterte er mich mit hochgezogenen Augenbrauen und unterdrückte ein Lächeln.

„Hör auf", sagte ich.

„Was meinst du?", fragte er und täuschte Unwissenheit vor.

„Das weißt du sehr wohl." Ich schnappte mir die Tüte mit meinem Essen, die er auf die Theke gestellt hatte.

„Hör zu, Nora, ich bin nicht hier, um jemanden zu verurteilen. Er scheint dein Typ zu sein, auf seltsame Weise."

„Oh, halt die Klappe."

„Was?", grinste er und hob unschuldig die Hände. „Viele Frauen mögen ältere Männer. Sogar *viel* ältere."

Ich stand auf. „Fürs Protokoll: Ich gehöre nicht zu diesen Frauen." Ich legte eine Goldmünze auf die Theke. „Ich bevorzuge es, wenn meine Männer etwas jünger sind. Auf diese Weise kann ich ihnen das eine oder andere beibringen."

Kurz bevor ich ihm den Rücken zuwandte, starrte er mich mit offenem Mund an.

Gut. Meine Arbeit hier war erledigt.

❧

Die unglückliche Realität war, dass ich in eine Sackgasse geraten war, als ich in die Straße einbog, in der Ruby wohnte. Nicht wirklich. Im übertragenen Sinne.

Ich wusste nicht, mit wem ich sonst noch reden sollte, mir gingen die Verdächtigen aus, und jeder vernünftige Detektiv würde aufgrund der Indizienlage zu dem Schluss kommen, dass Tanner Culpepper Bruce Saxon ganz sicher getötet hatte. Wenn das Justizsystem von Eastwind auch nur annähernd dem zu Hause entsprach, würde es dieser Einschätzung ebenfalls zustimmen, und Tanner würde den Rest seiner Tage damit verbringen, eine Gefängniszelle mit einem Werbären mit ausgeprägter Libido zu teilen.

Als ich die Informationen auf unserem Nachhauseweg an Grim weitergab (wobei ich natürlich die Interaktion mit Ted ausließ), wirkte er noch betrübter als sonst. Niemand wollte, dass Tanner die Schuld dafür bekam. Doch die Uhr tickte, und es würde sicher bald zu einer Verhaftung kommen.

Ich ließ eines meiner Steaks mit Ei für Grim auf die Veranda fallen. Doch bevor ich die Haustür öffnen konnte, hörte ich einen Mann nach mir rufen. „Miss Ashcroft!"

Deputy Stu Manchester eilte herbei. Er übersprang einige Stufen, als er die Treppe hinaufstieg, und blieb nur wenige Meter von mir entfernt abrupt stehen. „Guten Morgen, Miss Ashcroft."

„Morgen, Deputy."

„Ich habe gute Neuigkeiten", sagte er.

„Na, dann kommen Sie doch rein!"

Er nickte, und ich ging ihm voraus ins Haus.

Ruby saß unter eine dicke Häkeldecke gekuschelt auf einem Sessel in der Ecke der Stube. Sie las ein Buch, während Bruce Saxon im Kreis durch den Raum schwebte, um sich die Zeit zu vertreiben. Natürlich wusste Deputy Manchester nichts über Bruce' neurotisches Verhalten oder darüber, dass er hier festsaß.

„Deputy Manchester", sagte Ruby, ohne von ihrem Buch aufzublicken. Sie nahm ein Lesezeichen vom wackligen Tisch neben ihrem Stuhl, legte es zwischen die Seiten, ließ das geschlossene Buch auf ihren Schoß sinken und nahm behutsam ihre Brille ab, bevor sie den Besucher ansah. „Welchem Umstand habe ich dieses *Vergnügen* zu verdanken?"

Ich kannte Ruby noch nicht gut, aber ich konnte den

trockenen Sarkasmus überall im schwach beleuchteten Raum spüren.

„Ich habe gute Neuigkeiten für Miss Ashcroft. Sie hat mich hereingebeten.”

„Dann kommen Sie rein, und nehmen Sie Platz.” Sie deutete auf den Stubentisch.

„Oh, ich glaube nicht, dass es lange dauern wird”, sagte er und drehte sich dann zu mir um. „Ich wollte Sie nur wissen lassen, dass Sie offiziell von der Verdächtigenliste gestrichen wurden.”

„Das ist gut”, antwortete ich. Da ich so sehr damit beschäftigt war, den Mörder zu finden und Tanner zu entlasten, hatte ich gar nicht an meine eigene mögliche Verhaftung gedacht. „Stört es Sie, wenn ich frage, welche neuen Beweise ans Licht gekommen sind?”

„Nicht so sehr ans Licht”, sagte Stu und kicherte wie ein Mädchen über einen Scherz, den ich nicht verstand. „Eher Dunkelheit. Ich bin Ted heute Morgen draußen beim Friedhof begegnet” – er hob die Hand – „und ich weiß, was Sie denken, weil ich es auch gedacht habe. Aber nein, er hing nicht auf dem Friedhof herum. Es war reiner Zufall, dass wir uns dort begegnet sind. Er hat das deutlich genug gemacht.” Er verdrehte die Augen. „Und ich habe ihm versprochen, dass ich es anderen sagen würde, sollte ich es erwähnen.

Wie auch immer, Ted hat gesagt, Sie können nicht für Bruce’ Tod verantwortlich sein, weil er Sie in einer Nische sitzen sah, als er das Geräusch hörte, das der Mörder gemacht hat, als er dem alten Weiberhelden den Hinterkopf eingeschlagen hat.”

„So viel dazu, dass man nicht schlecht über die Toten reden sollte”, klagte Bruce, der einen halben Meter über dem Boden schwebte und so tat, als lehnte er sich an die Wand. „Ich bin kaum ein Weiberheld …”

Ich ignorierte Bruce jedoch, da ich mit der neuen Realität beschäftigt war.

Der Sensenmann hatte für mich gelogen. Ich war schon in der Küche gewesen, als wer auch immer Bruce angegriffen hatte. Soweit Ted wusste, könnte ich der Mörder sein. Und es war ihm egal. Warum?

Der offensichtliche Grund war, dass er auf mich stand, aber seien wir ehrlich: Ich hatte ernsthaft auf ein anderes Motiv gehofft. Das Letzte, was ich brauchte, war, dass der Tod glaubte, ich schulde ihm was.

„Es war das letzte Puzzleteil, das wir gebraucht haben", fuhr Deputy Manchester fort. „Um ehrlich zu sein, haben wir alle bis auf zwei Verdächtige ausgeschlossen, darunter auch Sie. Ich dachte mir, warum sollte Ted für Nora anlügen, wenn er sie doch nicht kennt? Wie auch immer, jetzt, wo Sie aus dem Rennen sind, können wir diesen Fall endlich vorantreiben und–" Er unterbrach sich. „Sie scheinen nicht besonders erleichtert zu sein. Wenn mir gerade gesagt worden wäre, dass ich nicht für den Rest meines Lebens in die Ironhelm-Besserungsanstalt gehen würde, würde ich – ich weiß nicht – lächeln?"

„Tut mir leid", sagte ich schnell und zwang mich dann zu einem Lächeln. „Ich war einfach ... so erleichtert. Ein bisschen überwältigt."

„Ah", sagte er, nickte und hakte die Daumen in seinen Gürtel. „Ich vergesse, wie komplex weibliche Emotionen sein können. Na, sehen Sie. Das war meine große Neuigkeit. Dann werde ich jetzt einfach, ähm, wieder gehen."

„Warten Sie!", platzte ich heraus. „Sie sagten, dass die letzten Verdächtigen ich und eine andere Person waren. Und wenn ich nicht mehr verdächtig bin, bedeutet das dann, dass Sie eine Verhaftung vornehmen werden?"

„Na ja, nicht ich. Sheriff Bloom will die Verhaftung selbst

vornehmen. Sie wusste, dass die Stadt darüber nicht allzu glücklich sein würde. Sie ist eine gute Vorgesetzte. Immer, wenn etwas unangenehm ist, greift sie ein und erledigt es selbst. Sie sollte gerade beim Diner ankommen."

Oh nein.

„Tanner", sagte ich und blickte hilfesuchend von Ruby zu Bruce. Ich wandte mich wieder Deputy Manchester zu. „Sie verhaftet Tanner?"

Stu nickte ernst. „Mir gefällt die Vorstellung, dass er ein Mörder ist, genauso wenig wie Ihnen, Miss Ashcroft, aber es sieht furchtbar schlecht für ihn aus. Als Seamus Shaw dann mir gegenüber das Testament erwähnt hat, nun, es wird wahrscheinlich noch ein paar Monate dauern, bis wir eine Auskunft aus den Katakomben bekommen, aber für den Moment haben wir einen hinreichenden Verdacht. Natürlich können wir das Testament erst dann als offizielles Beweismittel verwenden, wenn wir es gesichert haben, sodass Tanner eine Weile im Gefängnis warten muss. Es bricht mir das Herz, daran zu denken, dass er das alles durchmachen muss, aber soll man manchen? Mord kann nicht ungestraft bleiben."

„Danke, Deputy", murmelte ich und starrte geistesabwesend auf eine Metallkugel, die von der Decke hing und das Leuchten des Kamins einfing, während sie sich langsam drehte.

Für die anderen mochte ich aussehen, als stünde ich unter Schock, aber dem war nicht so. Ich war hyperkonzentriert. Das passiert manchmal, wenn Probleme zu schnell zu groß werden. Mein Verstand blendet alles außer dem Problem, das zu einem riesigen, wolkigen Klumpen wird, aus. Wenn ich es einfach eine Weile ungestört dort bleiben lassen kann, tauchen manchmal Antworten aus dem Rauch auf.

„Ich bringe Sie raus", sagte Ruby, ging durch den Raum und legte Deputy Manchester eine Hand an den Rücken. „Danke, dass Sie vorbeigekommen sind, um die Neuigkeiten zu überbringen. Ich bin mir jedoch sicher, dass Sie eine Menge wichtige Dinge zu erledigen haben. Wir werden Sie keine Sekunde länger aufhalten."

Als sie zu Ende gesprochen hatte, stand er bereits mit beiden Füßen auf der Türschwelle, und ich erhaschte einen kurzen Blick auf Grim, der draußen auf der Veranda seinen riesigen Kopf hob, die Szene betrachtete und dann die Augen schloss und den Kopf wieder senkte.

Ruby schloss die Tür und machte sich daran, Tee zu kochen.

Ich setzte mich an den Tisch und nahm das Klirren der Löffel auf dem Porzellan, während sie ihrer Arbeit nachging, nur am Rande wahr. Als ich wieder aufblickte, stellte Ruby gerade eine dampfende Teetasse vor mir ab, und aus reiner Höflichkeit stellte sie auch eine vor Bruce ab, der auf einem Stuhl schwebte.

„Sind wir uns dann alle einig", begann sie, „dass die Vorstellung, Tanner könnte Bruce ermordet haben, ein dampfender Haufen Einhornstrudel ist?"

Bruce nickte.

„Absolut", sagte ich. „Wartet, hier gibt es Einhörner?"

Sie nickte. „Es gibt eine schöne Ranch draußen in Erin Park. Ich wette, Tanner würde dich zu einem Tagesausflug dorthin mitnehmen, vorausgesetzt, es gelingt uns, die nötigen Beweise zu finden, um zu verhindern, dass er den Rest seines Lebens in einer dunklen Zelle mit einem geisteskranken Minotaurus verbringen muss."

„Das hat sich ziemlich schnell von schön zu furchteinflößend entwickelt", sagte ich. „Aber du hast recht."

„Es gibt einige wichtige Informationen, die uns fehlen", sagte Ruby. „Ich bin schon lange genug dabei, um zu wissen, wann uns etwas fehlt." Sie wandte sich Bruce zu. „Du hast gesagt, du dachtest, es wäre Jane, aber Nora scheint sich ziemlich sicher zu sein, dass Jane deinen Tod nicht wollen würde, nicht einmal, wenn sie wütend auf dich ist. Hast du dich je mit Ansel in die Haare bekommen?"

„Nein", sagte Bruce. „Ansel ist ein Hitzkopf, aber er und ich sind ein paarmal zusammen durch den Wald gelaufen, bevor Jane und ich uns getrennt haben. Wir waren keine besten Freunde oder so, aber wir haben uns verstanden, denke ich. Werbären neigen dazu, Einzelgänger zu sein, und ich würde nicht mit meinem alten Rudel laufen, wenn du mir tausend Goldmünzen zahlen würdest. Dieser Haufen inzuchtbetreibender Anarchisten ..."

„Wer?"

„Mein Rudel", sagte er. „Zum Glück leben sie in den spärlicher besiedelten Gegenden der Außenbezirke und wissen, dass sie besser nicht ins Medium Rare kommen sollten, also musste ich mich nie mit ihnen auseinandersetzen. Ein Haufen Degenerierter, der nicht darüber hinwegkommen kann, dass sie in Eastwind nicht mehr das Sagen haben. *Generationen.* Es ist Generationen her, seit Werwölfe hier die Verantwortlichen waren. Ich hatte es satt, ihnen sagen zu müssen, dass sie endlich darüber hinwegkommen sollen, und habe ihnen schließlich gesagt, dass ich ihre räudigen Gesichter nie wieder sehen wollte."

Böses Blut, wie es sich anhörte. „Könnte einer von ihnen der Mörder sein?", fragte ich.

„Nein", sagte er. „Ich habe seit Jahren nicht mit ihnen gesprochen. Ich bin für sie gestorben. Oder, ähm, ich war schon gestorben für sie, bevor ich tot war, aber jetzt bin ich für sie wohl noch toter." Er schüttelte den Kopf und hinterließ gespenstische Leuchtspuren im Kielwasser seiner Bewegung. „Sie leben am Rande der Außenbezirke. Sie kommen nicht einmal weit genug in die Stadt, um das Diner zu besuchen.

Nicht, dass du mich deswegen weinen sehen würdest. Sie scheinen zu glauben, dass sie dadurch domestiziert würden, wenn sie zu viel Zeit in Menschengestalt und in der Nähe von Hexen verbringen – nichts für ungut."

Ruby drehte sich zu mir um. „Werwölfe und Hexen haben in Eastwind eine lange Geschichte. Früher hatten die Werwölfe das Sagen, aber seitdem haben die Hexen die Kontrolle weitgehend übernommen. Und jetzt ist der Bürgermeister eine Hexe, und kein einziger Sitz im Rat wird von einem Werwolf besetzt. Es ist ein heikles Thema."

„Nur um das klarzustellen", sagte Bruce, „das glaube ich nicht. Ich habe kein Problem mit Hexen. Die Hexen in dieser Stadt waren immer nett zu mir, und ich habe mich immer bemüht, auch nett zu ihnen zu sein."

„Was ist mit Jane? Ist sie eher wie du oder wie deine Familie?", fragte ich.

Bruce seufzte, und ich konnte sehen, dass er immer noch große Zuneigung für seine Ex-Frau empfand. „Sie war eher wie ich. Das war der Grund, warum wir zusammengekommen sind. Wir beide hatten den Werwolf-Unsinn satt. Aber sie stammte aus einer der höheren Familien. Mein Rudel war, um ehrlich zu sein, wildes Gesindel. Sie wurde in Hightower Gardens geboren, wo das alte Geld lebt. Aber ihr gefiel dieses Leben genauso wenig wie mir."

„Klingt wie eine echte Romeo-und-Julia- Geschichte", sagte ich und war frustriert darüber, dass wir nichts hatten, um Tanner zu helfen. „Deine Familie scheint reizend zu sein, aber ich habe nicht vor, mit ihnen zu sprechen, da sie mich hassen, weil ich eine Hexe bin, und sie hören sich an wie jemand, der sich an einem ordentlichen Fressrausch erfreuen kann."

Bruce nickte. „Ich kann dieser Einschätzung nicht widersprechen."

Ruby mischte sich ein. „Und du hast gesagt, deine Freundin kann es nicht gewesen sein, weil ...?"

„Fiona ist so ein Schatz. Sie würde keinem Käfer was zuleide tun."

Auch Ruby bemerkte den Ausrutscher, und wir tauschten Blicke aus. „Bruce", sagte ich, „wer ist Fiona?"

„Hä?" Über seiner Nase bildete sich eine tiefe Falte. Dann dämmerte es ihm. „Oh. Ich meine Tandy."

„Nein", sagte Ruby knapp.

„Wer ist Fiona?", wiederholte ich. „Hast du Tandy betrogen?"

Seine Schultern sackten herab wie bei einem ausgeschimpften Schuljungen. „Hier ist das Problem mit Tandy. Mit so einem Mädchen kann man nicht einfach Schluss machen. Sie versteht es nicht. Niemand trennt sich von jemandem, der so schön ist. Sie hat den Wink nicht verstanden. Und Fiona, nun, du solltest sie sehen. Sie ist eine rothaarige Göttin." Er sprach mich direkt an, als er sagte: „Nicht wirklich eine Göttin, eher ein Kobold."

Deputy Manchester hatte mit der Weiberheld-Bemerkung nicht gescherzt. „Gibt es noch andere Freundinnen, von denen du uns erzählen möchtest? Vielleicht jemanden, der deinen Tod wollen könnte?"

„Nein", schnaubte er. „So ist es nicht."

„Oh, ich glaube, genau so ist es", sagte ich beunruhigt. „Und ich weiß, dass du es nicht zugeben willst, Bruce, aber ich vermute stark, dass du Jane auch für eine dieser Frauen gehalten hast, mit denen man nicht einfach Schluss machen kann."

„Siehst du?", sagte Ruby. „Darum kann man den Verstorbenen nicht trauen. Wenn jemandes Ruf das Einzige ist, was ihm noch bleibt, ist er nicht erpicht darauf, ihn zu zerstören, selbst wenn das zur Aufklärung des Mordes an ihm nötig ist."

„Wusste Tandy von Fiona und umgekehrt?", fragte ich.

Für einen Moment sah es so aus, als würde Bruce die Schotten dichtmachen. Doch dann schüttelte er den Kopf. „Tandy wusste nichts von Fiona. Fiona wusste es ein bisschen. Ich habe ihr gesagt, dass ich eine Freundin habe, von der ich mich behutsam trennen wollte, aber sie hat es nicht verstanden."

„Wusste Fiona, dass du und Tandy immer noch zusammen geschlafen habt?"

„Das haben wir nicht!", protestierte er, doch als ich die Arme vor der Brust verschränkte, wusste er, dass ich ihm das nicht abnahm. Er verzog das Gesicht. „Nein. Davon wusste sie nichts."

Ich brauchte einen Moment, um mir vorzustellen, Tandy zu sein und dann Fiona. Ich war schon mal dieses Mädchen gewesen – sowohl diejenige, die betrogen worden war, als auch diejenige, die mit dem Mann ausgegangen war, dessen Freundin „den Wink einfach nicht verstehen wollte". Ich war damals jung und dumm gewesen und habe mich leicht von jedem attraktiven und erfolgreichen Mann täuschen lassen, der vorbeikam und mich mit Aufmerksamkeit überschüttete. Ich bin nicht stolz auf meine Fehler und groben Fehlurteile, aber in dieser Situation waren sie hilfreich.

„Erzähl mir eines, Bruce", sagte ich, und mein Verstand begann sich zu klären, als eine deutliche Theorie Gestalt annahm. „Was würde Fiona tun, wenn sie herausfände, dass du immer noch mit Tandy schläfst?"

Nachdenklich presste er seine Lippen aufeinander, sodass sich kleine Rauchwolken um seinen Mund bildeten. „Ich nehme an, sie wäre verletzt, würde mir eine Eule schicken, die sagt, dass es vorbei ist, und dann etwa eine Woche lang im Bett weinen." Er zuckte mit den Schultern. „Wirklich sensibles Mädchen, meine Fiona."

„Und was würde Tandy tun, wenn sie herausfinden würde, dass du sie betrügst?"

Es war erstaunlich, dass ein Geist tatsächlich noch blasser werden konnte. Sein Gesichtsausdruck sagte mir alles, was ich wissen musste, doch er setzte dem Ganzen mit den Worten „Ich möchte gar nicht darüber nachdenken" das Sahnehäubchen auf.

„Glaubst du, sie würde gewalttätig werden?"

„Ich weiß ehrlich gesagt nicht, was sie tun würde. Das war der halbe Spaß mit Tandy. Sie wirkt süß und sanft, aber wenn man allein mit ihr ist", – er pfiff, und es klang wie eine Böe durch einen Wald verrottender Bäume – „man weiß nie, was sie einem an den Kopf wirft."

Eine Bratpfanne?

Mit dieser neuen Information war es nur allzu offensichtlich. Zumindest für mich und wahrscheinlich auch für Ruby. Aber nicht für Bruce. „Ich sage dir das nur ungern", sagte ich, ohne, dass es mir wirklich etwas ausmachte, „aber ich glaube, Tandy hat dich ermordet."

„Aber sie wusste es nicht", sagte er. „Ich war so vorsichtig."

Bruce kam mir langsam etwas unterbelichtet vor.

„Du weißt, wo Tandy arbeitet, oder?", fragte ich.

„Ja, Echo's Salon."

Ich wartete, aber er verstand immer noch nicht, worauf ich hinauswollte. „Und warst du jemals dort? Oder in irgendeinem Friseursalon?"

„Natürlich nicht."

„Dann erlaube mir, dich aufzuklären. Die Wahrscheinlichkeit, dass Tandy nichts von dir und Fiona wusste, geht gegen null."

Er setzte sich aufrecht hin. „Nein! Ich war so vorsichtig! Ich habe dafür gesorgt, dass nie –"

„Du begreifst es nicht. Es spielt keine Rolle, wie vorsichtig du warst. Wie lange warst du mit Fiona zusammen?"

Er wollte mir nicht in die Augen sehen, als er murmelte: „Sechs oder sieben Monate."

„Oh, Fänge und Klauen!", blaffte Ruby und schlug auf die Tischplatte.

Ich trank meinen Tee aus, der immer noch heißer war, als mir lieb war, und stand auf. „Damit sind wir uns einig. Tandy wusste es. Du hast gesagt, Fiona wohnt drüben in Erin Park?"

„Ja, aber du wirst nicht –"

„Jemand muss sie warnen, dass sie in Gefahr sein könnte, Bruce."

„Schick eine Eule", schlug er vor.

Ich lachte. Ich konnte nicht anders. Die Idee war so lächerlich. „Du willst, dass ich jemandem, den ich noch nie getroffen habe, eine Eule schicke und sage: ,Mach nicht die Tür auf, weil da ein Mörder frei rumläuft und du vielleicht die Nächste bist?' Das klingt wie ein dummer Streich, den ein Psycho jemandem spielen würde, den er nicht leiden kann."

Bruce blinzelte. „Nun, wenn du es so ausdrückst ..."

„Bevor ich losgehe, muss ich noch eines wissen."

„Ja?" Seine Stimme zitterte, als erwarte er eine weitere Schelte. Nicht, dass er es nicht verdient hätte. Aber das war nicht meine Priorität.

„Was für ein Wesen ist Tandy?" Bevor er antwortete, fügte ich hinzu: „Oh, und ist es unhöflich, das jemanden zu fragen? Weil es sich anfühlt, als würde man einen Wildfremden nach seinen sexuellen Vorlieben fragen."

Ruby unterdrückte ein Lachen, als Bruce antwortete: „Es ist ein bisschen persönlich, aber wenn man bedenkt, dass du erst seit ein paar Tagen hier bist, werden die meisten darüber hinwegsehen."

„Ah, gut."

„Und sie ist eine Xana", sagte er.

Nicht gerade hilfreich, wenn man bedenkt, dass ich dieses Wort noch nie in meinem Leben gehört hatte. „Eine was bitte?"

Er zuckte mit den Schultern. „Sie redet nicht viel darüber, aber es ist eine Art Wasserwesen. Ich weiß ehrlich gesagt nicht viel über sie."

„Was ist ihre besondere, ähm, Macht?" Sie alle hatten irgendeine Macht, oder? Und demzufolge sicher auch eine Schwäche. So funktionierte das Leben, soweit ich wusste.

„Ich habe immer angenommen, dass es ihre Schönheit ist", sagte er. „Die Art, wie Männer ihr zu Füßen liegen, wenn sie sie anlächelt. Wenn das keine besondere Macht ist, weiß ich nicht, was sonst."

Kam mir irgendwie lahm vor. Sicherlich musste da noch was anderes im Spiel sein, sonst war sie einfach eine schöne Frau. In Texas gab es eine Menge schöner Frauen, und soweit ich wusste, war keine von ihnen eine übernatürliche Kreatur.

Ich zwang Bruce, mir Fionas Adresse zu diktieren, die ich auf einen kleinen Zettel aus Rubys Briefpapierschublade schrieb, bevor ich mich auf den Weg machte.

Ich hatte einen langen Weg vor mir (wörtlich und im übertragenen Sinne), und jede Sekunde, die ich verschwendete, war eine, die Tanner damit verbrachte, auf das scharfe Ende eines Zauberstabs zu starren.

Kapitel Elf

Ich wusste es sofort, als wir das Viertel Erin Park betraten. Vor allem, weil die Leute hier kleiner waren, hauptsächlich Kobolde. Wie sehr die Kobolde zu meinem klischeehaften Bild eines Kobolds passten, war geradezu erschreckend. Ich meine, *wirklich*. Ich verbringe mein Leben damit, gegen unbewusste stereotype Impulse anzukämpfen, und dann kommen die Kobolde mit ihren spitzen grünen Hüten, grüner und brauner Kleidung und goldenen Gürteln daher.

Und will irgendjemand raten, wie ihre Schuhe aussahen? Nein, schon gut, nur zu mit dem Klischee, denn Sie haben vollkommen recht, wenn Sie an grüne Slipper mit goldenen Schnallen gedacht haben.

„Fänge und Klauen!", murmelte ich und lieh mir einen Satz von Ruby.

„Aber was auch immer du tust", antwortete Grim und folgte damit deutlich meinem Gedankengang, *„sag niemals, dass sie alle gleich aussehen. Das mögen sie gar nicht."*

„Erzähl mir nicht, dass sie auch gerne streiten."

„Ähm, okay, dann werde ich dir das nicht sagen."

„Meine Güte ... als Nächstes erzählst du mir, dass sie gerne ihr Gewicht in Bier trinken."

„Das werde ich dir dann auch nicht sagen, aber vielleicht solltest du einen Blick nach links werfen."

Als ich das tat, wurde mir klar, dass wir gerade an einem Pub vorbeigingen.

Er war brechend voll.

Es war noch nicht einmal ein Uhr mittags.

Aber warte, war das –

Ich entdeckte das Schild. Sheehans Pub. Ich fragte mich kurz, ob Fiona Sheehan irgendeine Verbindung dazu hatte, aber vor allem erinnerte ich mich daran, dass Tanner manchmal nach der Arbeit dorthin ging. Ich merkte mir, wo der Pub war, für den Fall, dass ich irgendwann mal vorbeischauen und – Oops! – zufällig auf Tanner stoßen sollte, und folgte Grim weiter die Kopfsteinpflasterstraße entlang, vorbei an winzigen Geschäften und Restaurants.

Erin Park wirkte wie eine eigenständige Gemeinde. Das Emporium war nicht allzu weit entfernt, aber den Geschäften nach zu urteilen, die es hier gab, mussten sie nicht bis ins Herz von Eastwind fahren, um einzukaufen.

„Die Straße runter", sagte Grim und deutete mit dem Kopf, *„da ist Rainbow Falls. Das Wasser fließt – ja, du hast es erraten – in Regenbögen runter."*

„Wasser macht das auch dort, wo ich herkomme. Man nennt es Lichtbrechung."

Er knurrte leise. *„Ich kann verstehen, dass du davon ausgehst, dass ich nichts über Lichtbrechung weiß, weil ich ein Hund bin, aber ich weiß, was das ist. Ich spreche allerdings nicht von Lichtbrechung. Ich spreche davon, dass das Wasser tatsächlich wie ein Regenbogen fließt."*

„Oh. Das klingt ... nett?"

„Eher so, als würde sich jemand zu sehr bemühen."

„Das war tatsächlich mein erster Gedanke. Aber ich dachte mir, dass du vielleicht darauf stehst."

„Das klingt nicht nach mir", sagte Grim.

Als wir uns einer Reihe winziger Cottages näherten, trottete Grim auf eine der Verandas zu. *„Das sollte ihres sein."*

Als die Tür aufschwang und ich Fiona erblickte, drängte sich mir eine brennende Frage auf: *Wie in Gottes Namen hatte Bruce so viele schöne Frauen abgeschleppt?*

Er war nicht unbedingt hässlich, aber er war auch nicht spektakulär. Er war stämmig, aber nicht auf die sportliche Art und Weise, sondern eher wie jemand, der gern am Abend vor dem Fernseher das eine oder andere Bier trank.

Er *war* jedoch selbstbewusst. Ich erinnerte mich an die Art und Weise, wie er mich bei unserer einen Begegnung vor seiner Ermordung begrüßt hatte. Ich nahm an, dass man die Wirkung von Selbstvertrauen bei einem nicht ganz unattraktiven Mann nicht unterschätzen durfte.

„Kann ich Ihnen helfen?", sagte sie und sah mich verwirrt an.

Ihre geschwollenen Augen waren ein gutes Zeichen, denn sie war tatsächlich traurig über Bruce' Tod. So verhält sich jemand, wenn der Mann, den er liebt, ermordet wurde; nicht so wie Tandy. Ich konnte nicht fassen, dass sie mich mit ihrer lahmen Begründung getäuscht hatte.

„Hi", sagte ich und bedauerte, dass ich keine Eule vorausgeschickt hatte, um mich anzukündigen. „Ich bin Nora. Ich bin, ähm, neu in der Stadt."

Sie nickte langsam. Ihr glattes, unschuldiges Gesicht trug eine Spur Misstrauen wie einen schlecht sitzenden Handschuh. „Ich habe von Ihnen gehört. Sie waren diejenige, die Bruce gefunden hat."

Bevor ihr Verstand die Puzzleteile zusammenfügen konnte, die eigentlich nicht passten, sagte ich: „Ja, und deshalb bin ich hier. Ich glaube, ich habe herausgefunden, wer es getan hat, und werde gleich zur Polizei gehen, aber ich denke, Sie könnten in Gefahr sein, bis diese Person verhaftet ist."

„Was?" Ihre rosigen Wangen verloren die Farbe, und ihr Gesicht wurde blass.

„Tut mir leid, ich wollte Sie nicht beunruhigen. Ich hätte wahrscheinlich eine Eule vorausschicken sollen, um mich anzukündigen. Daran habe ich erst gedacht, als ich schon fast hier war ..."

„Gehört er Ihnen?", fragte sie und zeigte auf Grim hinter mir.

„Nun, er ist mit mir hergekommen, aber er *gehört* nicht unbedingt mir. Er ist, ähm ..."

Warum versuchte ich, die Realität zu verbergen? Hier kümmerte es niemanden, ob ich eine Hexe war.

Außer mir.

Ich schätze, ich fühlte mich immer noch ein bisschen wie eine Verrückte, wenn ich laut sagte, dass er mein Vertrauter war. Aber diese Leute waren das gewohnt. Und es war nicht so, dass ich meine Fähigkeiten lange verbergen könnte. Oder dass es einen Sinn hatte, sie zu verstecken.

Sicher, es bestand die Möglichkeit, dass ich jedes Mal, wenn jemand in Eastwind ermordet wurde, eine Zielscheibe auf meinem Rücken hatte, ohne dass ich wusste, wer der Mörder war. Aber irgendwann müssen wir doch alle sterben, oder?

Und anscheinend war ich schon einmal gestorben. Das bedeutete, dass ich mehr Erfahrung damit hatte als jeder andere in dieser Stadt. Außer Grim und Ruby. Und Ted natürlich.

„Er ist mein Vertrauter", sagte ich und versuchte, nicht beschämt, sondern eher sogar stolz zu klingen.

„Oh", sagte sie und nickte. „Ich verstehe. Ruby True hat auch einen Hund. Bedeutet das, dass Sie auch eine dieser Hexen des Fünften Windes sind?"

„So ist es."

„Sauber." Sie lächelte anerkennend, dann veränderte sich plötzlich ihr Gesichtsausdruck, und sie sah aus, als hätte sie gerade einen Geist gesehen. „Warten Sie, haben Sie mit Bruce gesprochen?"

Oje! „Ja."

„Und hat er über mich gesprochen?"

Auf die Plätze, fertig, unverschämte Lüge! „Über Sie gesprochen? Er hört nicht auf, über Sie zu reden! Ich wäre früher gekommen, aber ich war überwältigt."

Ich weiß nicht, warum ich dachte, das würde Fiona aufmuntern. Es war, als hätte mein Verstand vorübergehend vergessen, wie sich sensible Menschen verhielten.

Die Schleusen waren weit geöffnet, als *ich einen Blick hinter mich auf Grim warf.*

„Sehr geschmeidig!", rief er telepathisch. „Ich habe buchstäblich mein ganzes Leben in den Deadwoods verbracht, ausgeschlossen von der Gesellschaft, und ich hätte dir sagen können, dass du das nicht sagen solltest."

„Was hätte ich sonst sagen sollen? ‚Er hat Sie nicht erwähnt, bis er Sie versehentlich mit seiner anderen Freundin verwechselt hat?' Wäre das besser gewesen?"

„Wäre nicht schlimmer gewesen."

Als sie sich beruhigte, erinnerte ich mich daran, dass jede Sekunde, die ich hier verbrachte, eine Sekunde war, die Tanner weiß-der-Himmel-wo verbrachte. Im Gefängnis? In einem Vernehmungszimmer mit Scheinwerfern, die auf sein Gesicht gerichtet waren? Gab es hier Habeas Corpus?

Mit einer letzten Ermahnung, ihre Tür abzuschließen und, bis sie von mir hörte, niemanden reinzulassen, nicht einmal jemanden, den sie gut zu kennen glaubte, folgte ich Grim in Richtung des Büros des Sheriffs.

Kapitel Zwölf

„Komm einfach mit rein", drängte ich Grim. *„Sie lassen Werwölfe hier rein, warum also nicht einen Hund?"*

Auf der Treppe vor dem bescheidenen Büro des Sheriffs stellte Grim sich stur. *„Auf keinen Fall. Von allen Gebäuden, in die ich gehen könnte, werde ich sicher nicht das Polizeirevier betreten."*

„Sie werden keinen Hund verhaften, Grim."

„Das weißt du nicht. Ich komme dir jetzt vielleicht wie der beste Freund der Hexe vor, aber draußen in den Deadwoods ... habe ich Dinge getan, Nora. Dinge, auf die ich nicht stolz bin. Dinge, die ich nie zurücknehmen kann."

„Oh, Fänge und Klauen!" Ich warf meine Arme in die Luft. *„Ich kaufe dir die Bösewichtnummer nicht ab, okay?"*

„Wie du willst. Aber warum willst du, dass ich da reingehe?"

Wollte er mich wirklich zwingen, es auszusprechen? Ich versuchte abzuwarten, aber, ja, er wollte mich nötigen, es zu sagen. *„Weil ich deinem Urteil vertraue. Was Ansel angeht, hattest du recht, und du magst Tanner offensichtlich, wenn man bedenkt, wie du dich von ihm hinter den Ohren hast –"*

„Ich dachte, wir würden nie wieder darüber reden.”

„Komm schon, Grim. Ich brauche dich.”

Er lachte. *„Du brauchst mich?”*

„Pff, nein. Ich meine, es ist nicht so, dass ich dich brauche-brauche, aber du hast bewiesen, dass du nicht ganz nutzlos bist.”

„Wenn du es so schmeichelhaft ausdrückst” – er ließ sich auf der obersten Stufe nieder – *„viel Glück da drin, Mädchen. Ich weiß, dass du das großartig machen wirst.”*

„Oh, komm schon!” Ich hielt inne und überlegte eine Strategie. *„Wenn du mitkommst, kaufe ich dir danach eine Lasagne bei Franco's Pizza.”*

Mit großer Anstrengung rappelte er sich auf. *„Ich denke, das ist akzeptabel”*, sagte er nonchalant.

Aber ich konnte sehen, wie sich der Sabber am Rand seiner Lefzen sammelte.

„Na, wenn das nicht Miss Ashcroft ist”, sagte Deputy Manchester, als ich mich dem Empfang näherte. Ich musste ihn beim Gespräch mit dem Mann am Empfang unterbrochen haben, und die beiden beobachteten unverfroren, wie Grim und ich näherkamen. „Es ist ganze zwei Stunden her, seit wir uns gesehen haben.”

Der Empfangsmann (sagt man das so?) war ein kleiner, untersetzter Mann. In Texas wäre es mir peinlich gewesen, wenn ich gedacht hätte: „Wow, er sieht aus wie ein Kobold”, aber hier in Eastwind lag ich vielleicht genau richtig. Allerdings spielte es keine Rolle, mit welcher Art ich es gerade zu tun hatte, also machte ich mir nicht die Mühe zu fragen.

„Ich komme und sage Ihnen, dass Sie vom Haken sind, und Sie kommen trotzdem ins Büro des Sheriffs?” Er wandte sich an den Empfangsmann. „Manche Frauen können einen Wink einfach nicht verstehen, oder?” Sie lachten über den wenig amüsanten Scherz.

Nur zu. Lacht nur. Ich bin nicht hier, um Freunde zu finden.

Ich meine, ja, es wäre schön gewesen, wenn sie nicht rumgesessen und über mich gelacht hätten, aber egal. „Ich muss mit Sheriff Bloom sprechen", sagte ich.

„Großartig", sagte Stu. „Jingo kann Ihnen dabei helfen." Er nickte dem kleinen Mann zu. „Ich vermute, dass sie nächsten Monat einen Termin für Sie haben wird."

„Es kann nicht warten. Sie haben den Falschen. Tanner hat Bruce nicht getötet."

„Und woher wollen Sie das wissen?", fragte Stu und klang größtenteils desinteressiert. „Waren Sie zusammen, als der Mord passiert ist?" Er deutete mit dem Finger auf mich. „Das ist es, nicht wahr? Schon als ich reingekommen bin, habe ich bemerkt, dass zwischen Ihnen beiden was nicht stimmt." Er weihte Jingo ein. „Man konnte die sexuelle Spannung mit einem Messer schneiden." Der Wirkung wegen tat er so, als würde er etwas schneiden. „Haben Sie beide im Vorratsschrank ein bisschen Hokuspokus gemacht?" Er grinste lüstern. „Das habt ihr, nicht wahr? Ich wusste es!"

„Wovon", begann ich, „in Gottes Namen reden Sie?"

Seine Heiterkeit fand ein abruptes Ende. „Was?"

„Wir haben nicht ... es gab keinen Hokuspokus."

Aber die Frage war auch, war da so viel sexuelle Spannung gewesen?

Nein, natürlich nicht. Als Deputy Manchester ankam, haben wir beide ganz sicher nicht an *das* gedacht. Fänge und Klauen, wir hatten gerade eine Leiche gefunden!

Deputy Manchester nahm seine professionelle Haltung wieder an. „Wie, darf ich fragen, können Sie dann behaupten, dass er es nicht getan hat?"

„Ich muss mit Sheriff Bloom reden."

„Das habe ich gehört", sagte er und betonte jede Silbe, als ob das meinem langsamen Verstand helfen könnte, es zu verstehen. „Aber wie ich Ihnen bereits gesagt habe, sie ist mindestens bis Ostara beschäftigt."

„Ich weiß nicht, was Ostara ist, und es ist mir auch egal."

„*Es ist unser Frühlingsfest*", erklärte Grim. „*Es findet jedes Jahr im März statt, aber der Tag ist beweglich –*"

„*Ich habe dich nicht als mein persönliches Wikipedia mitgebracht, Grim.*"

„Also gut. Tragen Sie mich in Ihren Kalender ein", sagte ich zu Jingo.

Ich beugte mich über den Schreibtisch und deutete auf ein freies Zeitfenster auf seinem Pergament. „Was ist das?", fragte ich.

„Was?", fragte er.

„Das. Was bedeutet das? Hat das was mit dem Terminplan von Deputy Manchester zu tun?"

Als der Deputy seinen Namen hörte, beugte er sich ebenfalls über den Schreibtisch, um zu sehen, was ich meinte.

Wenn Sie „nichts" geraten haben, haben Sie recht. Aber beide fielen darauf herein.

Während die beiden Männer die Augen zusammenkniffen, um zu sehen, wovon ich sprach, ließ ich meinen Blick über den Bereich hinter ihnen schweifen, bis ich fand, wonach ich suchte.

„*Grim. Du musst für Ablenkung sorgen.*"

„*Was soll ich machen?*"

„*Ich weiß nicht. Irgendwas. Verbreite einfach ein bisschen Chaos. Kannst du das?*"

Er trottete zu der Manchester gegenüberliegenden Seite des Schreibtischs und hob sein Bein. „*Machst du Witze? Dafür bin ich geboren.*"

Grims kräftiger Strahl spritzte hörbar gegen den Holzschreibtisch.

„Wa – ohhh! Im Ernst?", zeterte Jingo mit rauer Stimme.

Als sich Deputy Manchester zur Seite beugte, um nachzusehen, sah ich meine Gelegenheit. *„Lass nicht alles auf einmal raus. Ich brauche ein paar Minuten."*

„Keine Sorge. Ich wurde geboren, um meine Spuren auf dieser Welt zu hinterlassen. Mein Reservoir ist unerschöpflich."

Ich eilte zur Tür mit dem Holzstich mit der Aufschrift ‚Sheriff Gabrielle Bloom' und stieß sie auf, ohne anzuklopfen.

Sobald ich mich orientiert hatte, wurde mir klar, dass das ziemlich unhöflich war.

Ich hatte keine Ahnung, welcher Art der Sheriff angehörte. Was, wenn sie Hexen hasste? Was, wenn sie eine Sphinx war und anfing, mir Rätsel zu stellen, und wenn ich eines nicht beantworten könnte, würde sie mich auffressen? Ich war nicht gut im Lösen von Rätseln.

Auf dem u-förmigen Schreibtisch türmten sich Akten so hoch, dass ich ihren Kopf fast nicht sehen konnte, als sie sich in ihrem Stuhl vorbeugte.

Als sie zu mir aufblickte, spürte ich, wie mich eine Mischung aus Ruhe und Schuldgefühlen überkam.

Und aus irgendeinem Grund kam mir die Erinnerung in den Sinn, wie ich meiner Tante einen Keks gestohlen und die Schuld dafür den Kindern von nebenan gegeben hatte. Seltsam.

„Kann ich Ihnen helfen?", fragte sie.

Ihr Gesicht war schmal, ihr blondes Haar trug sie kurz.

Bedeutete das, dass sie eine Elfe war?

Nein, wahrscheinlich nicht.

Die verdammten Kobolde hatten mich in eine Abwärtsspirale des Schubladendenkens geschickt.

Ich schloss die Tür hinter mir, damit Stu nicht sehen konnte, wo ich war, sobald der erste Schock von Grims Pinkelattacke auf den Empfangstisch nachließ.

Ich bewegte mich vorsichtig auf sie zu. „Ich muss mit Ihnen über den Mord an Bruce Saxon sprechen."

Sie starrte mich einen Moment lang mit zusammengekniffenen Augen an, dann entspannte sie sich. „Sie müssen Nora Ashcroft sein."

„Ja, Ma'am."

„Und dazu kommen Sie einfach in mein Büro gestürmt, weil?"

„Tanner ist unschuldig."

Sie seufzte schwer. „Kommen Sie, setzen Sie sich."

Ich betrachtete die auf jeder Oberfläche gestapelten Akten. „Wo?"

Sie stand auf, und als sie es tat, erhaschte ich einen flüchtigen Blick auf die Flügel.

Wenn ich es nicht besser wüsste, würde ich vermuten, dass Sheriff Bloom ein Engel war. Und bevor ich es mir anders überlegen konnte, platzte es aus mir heraus: „Sind Sie ein Engel?"

Als sie einen Stapel Akten vom Stuhl vor ihrem Schreibtisch auf den Boden legte, kicherte sie. „Was hat es verraten? Waren es die riesigen weißen Flügel?"

Okay, ja. Das hatte ich mir selbst eingebrockt.

„Tut mir leid", sagte sie schnell. „Sie sind neu. Ich habe im Laufe der Zeit viele neue Leute kennengelernt, daher weiß ich, dass es eine Eingewöhnungsphase gibt." Sie deutete auf den jetzt leeren Stuhl. „Da, jetzt können Sie sich setzen."

Nachdem sie eine kleine Lücke in der Papierwand freigeräumt hatte, damit ich sie über den Schreibtisch hinweg sehen konnte, legte sie die gefalteten Hände in den Schoß und sagte: „Ich weiß, dass Tanner unschuldig ist."

„Sie wissen es?"

„Ja."

„Wie?"

„Das gehört zum Engelsein dazu. Ich kann sehen, wer

unschuldig ist und wessen Seele von Lügen beschmutzt ist. Macht mich bei Vernehmungen ziemlich gut. Leider ist es nie so einfach. Wenn ich Unehrlichkeit spüre, weiß ich vielleicht im Grunde, dass es daran liegt, dass die Person das Verbrechen begangen hat, das ihr vorgeworfen wird, aber meine Fähigkeit, diese Dinge zu spüren, wird vor Gericht nicht anerkannt."

„Sie haben also mit Tanner gesprochen und glauben, dass er unschuldig ist?"

Ihre Haltung wurde weicher, und ihre Flügel sanken herab. „Es gibt in dieser Stadt nur wenige Menschen, die unschuldiger sind als Tanner Culpepper. Ich weiß das. Aber der Hohe Rat hat mich gezwungen, diesen Fall abzuschließen, und alle Beweise deuten auf ihn hin. Ich musste eine Verhaftung vornehmen."

„Aber Sie wissen, dass er es nicht war! Was bedeutet, dass die Person, die es getan hat, immer noch da draußen ist. Sie könnte wieder töten."

Sie schüttelte niedergeschlagen den Kopf. „Ich weiß. Aber sehen Sie sich um, Nora. Sehen Sie sich diesen Papierkram an, mit dem ich mich herumschlagen muss. Es ist unrealistisch. Ich kann nie so gründlich sein, wie ich es gerne wäre. Ich muss Fälle abschließen, wo immer ich kann."

„Was, wenn ich Ihnen sagen würde, dass ich weiß, wer Bruce tatsächlich getötet hat?"

Sie neigte den Kopf zur Seite. „Ich würde Sie fragen, welche Beweise Sie haben."

„Ähm, ja, Beweise habe ich noch nicht. Aber ich denke, mit Ihrer Hilfe kann ich es schaffen."

Sie runzelte die Stirn. „Auf eine Weise, bei der wir dem Täter keine Falle stellen müssen? Der Rat steht da nicht besonders drauf."

„Nachvollziehbar. Ich weiß noch nicht, wie ich an die Beweise kommen werde, aber ich bin entschlossen, es zu tun.

Korrigieren Sie mich, wenn ich mich irre, aber keiner von uns möchte, dass Tanner für ein Verbrechen im Gefängnis sitzt, das er nicht begangen hat."

Ihr Blick wanderte über die Pergamentstapel, und sie seufzte. „Es ist nicht so, dass der Papierkram davonlaufen würde, wenn ich mir ein paar Stunden freinehme, um einen unschuldigen Mann zu entlasten." Sie streckte ihre Flügel hinter sich aus, warf einen schlecht ausbalancierten Stapel um und verursachte einen Dominoeffekt, als Papiere zu Boden flatterten. Es schien ihr egal zu sein. „Um Himmels willen! Lassen Sie uns das machen. Wen verdächtigen Sie?"

Ich versuchte, nicht zu begeistert zu reagieren, aber es schien, als könnte das tatsächlich passieren.

Ich öffnete den Mund, um es zu erklären, als ich Stus wütende Stimme vor der Tür hörte. „Sag nicht, dass Miss Ashcroft da *rein* gegangen ist!"

Die Tür flog auf, und Deputy Manchester stand mit rotem Gesicht auf der Schwelle. „Miss. Ashcroft! Ich –"

Ich keuchte, als die Tür vor seiner Nase zuschlug.

Sheriff Bloom senkte ihren Arm, der zur Tür ausgestreckt war, und richtete ihre Aufmerksamkeit wieder auf mich. „Wo waren wir?"

Okay ... Engel konnten Dinge mit einem Wink ihres Handgelenks bewegen. Zur Kenntnis genommen.

„Ähm, ich weiß nicht, wo ... oh, richtig! Der Mörder. Es war Tandy."

„Tandy Erixon? Die in Echo's Salon arbeitet?"

„Ja. Sie war mit Bruce zusammen."

„Ich weiß. Ich bin mir ziemlich sicher, dass es jeder in Eastwind weiß, wenn man bedenkt, was für eine Show diese beiden abgezogen haben." Sie presste die Lippen aufeinander und schüttelte missbilligend den Kopf. „Fahren Sie fort."

„Bruce war auch mit Fiona Sheehan zusammen."

Bloom lehnte sich in ihrem Stuhl zurück. „Ah."

Wir tauschten einen wissenden Blick aus, und die Angelegenheit war geklärt. Keine weitere Erklärung nötig. Und ich war erleichtert, dass es in dieser Stadt einen weiblichen Sheriff gab.

Zwei feine Linien erschienen auf ihrem Nasenrücken, und sie biss sich auf die Unterlippe, bevor sie fragte: „Was für ein Wesen ist Tandy? Ich kann mich nicht erinnern."

„Eine Xana."

Sie zuckte kurz mit dem Kopf. „Eine was?"

„Eine Xana. Moment, wollen Sie mir etwa sagen, dass Sie nicht wissen, was das ist?"

„Ich habe kein Problem damit, zuzugeben, was ich nicht weiß. Außerdem", fügte sie hinzu, „konnte Gott selbst sich nicht all die verschiedenen Arten von Lebewesen in Eastwind merken. Und jede einzelne Rasse denkt, sie sei allen anderen überlegen." Sie verdrehte die Augen. „Wie auch immer, nein, ich bin mir nicht sicher, was ein Xana ist, aber wenn wir Ihrem Verdacht nachgehen wollen, der ebenso fundiert zu sein scheint, wie jeder andere, müssen wir wissen, womit wir es zu tun haben."

Als ich mich im Büro nach irgendetwas umsah, das einem Computer ähneln könnte, fand ich nichts. „Und wo finden wir das heraus?"

„In der Bibliothek", sagte sie und nahm sich auf dem Weg zur Bürotür einen Mantel.

Sie schlüpfte hinein, und einen Moment später kamen ihre Flügel aus zwei maßgeschneiderten Schlitzen am Rücken zum Vorschein.

Ich musste mich anstrengen, um mit ihrem Tempo schrittzuhalten, als sie durch das Büro ging, an einem verblüfften Deputy Manchester und am Empfang vorbei.

„Grim", sagte ich und sah ihn mit immer noch erhobenem Bein. „Lass uns gehen."

„Ich kann es nicht einfach mitten im Strom abbrechen", protestierte er.

Ich blieb stehen. *„Du bist noch nicht fertig?"*

„Ich habe es dir gesagt! Für diese Rolle wurde ich geboren."

Ich packte ihn am Genick, achtete darauf, Spritzern von seinem anhaltenden Rinnsal auszuweichen, und zerrte ihn hinter mir her aus dem Büro des Sheriffs.

„Wenn Hunde bisher hier willkommen waren", sagte ich ihm, als wir die Treppe vor dem Gebäude hinunterstiegen, *„werden sie es jetzt definitiv nicht mehr sein."*

Kapitel Dreizehn

Die Bibliothek von Eastwind war ein riesiges Gebäude, nur ein paar Blocks vom Büro des Sheriffs entfernt. Imposante Bögen und steinerne Gargoyles ragten über den nahenden Besuchern auf, sodass ich mich natürlich fragte, ob es in Eastwind tatsächlich Gargoyles gab.

In meiner Kindheit hatte ich Buchhandlungen immer geliebt, aber aus irgendeinem Grund waren mir Bibliotheken unheimlich. Sobald Sheriff Bloom, ich und Grim ein paar Schritte hinter mir, den Marmorboden der Bibliothek von Eastwind betraten, formulierte ich eine Theorie darüber, warum ich mich in Bibliotheken nie wohlgefühlt hatte.

In dem Gebäude wimmelte es von Geistern. Ruby hatte die Theorie, dass ich schon immer in der Lage gewesen war, Geister zu spüren, aber mein Verstand und mein Körper hatten sich ihnen erst ganz geöffnet, als ich nach Eastwind übergewechselt war. Wenn das der Fall wäre und die Bibliotheken in Texas auch nur annähernd so waren, würde es einen Sinn ergeben, warum ich sie wann immer möglich gemieden hatte.

Die Geister schwebten hin und her, von einem Gang zum

nächsten. Geister füllten die leeren Stühle auf beiden Seiten langer Holztische, die jeden Meter von in der Mitte schwebenden Lampen beleuchtet wurden und sich über die gesamte Länge des kolossalen Erdgeschosses erstreckten. Wie Bruce schwebten die Geister ein Stück über den Stühlen und saßen vermutlich aus Gewohnheit und nicht, weil sie tatsächlich das Bedürfnis hatten.

Es dauerte einen Moment, bis ich bemerkte, dass etwas besonders Seltsames vor sich ging. Während Bruce die Teetasse, die Ruby ihm hingestellt hatte, nicht anfassen konnte, waren diese Geister nicht nur in der Lage, die Seiten der Bücher, die aufgeschlagen vor ihnen lagen, umzublättern, sie waren auch in der Lage, Bücher aus den Regalen zu nehmen und sie zu verschieben. Ich versuchte, mir vorzustellen, wie es für jemanden aussehen musste, der keine Geister sehen konnte. Die Bücher schienen durch die Luft zu schweben. Das wäre verrückt.

Allerdings ist es nicht so verrückt, wie einen Haufen Geister zu sehen.

„Ist es immer so voll?", fragte ich Grim.

„Keine Ahnung. Ich habe mir nie die Mühe gemacht, hierherzukommen. Ich kann nicht lesen. Weil ich ein Hund bin."

„Ausreden", sagte ich und hörte ihm schon nicht mehr zu.

Sheriff Bloom wich den schwebenden Büchern aus, schien sich aber keine allzu großen Sorgen darüber zu machen, dass es Geister waren, die sie von einem Ort zum anderen tragen mussten. Als sie den Saal durchquerte, lief sie durch einen Geist nach dem anderen, ohne mit der Wimper zu zucken.

„Sie können sie nicht sehen, nehme ich an?", fragte ich.

„Die Bücher, ja. Die ruhelosen Geister, nein. Aber ich kann sie spüren, manchmal pur, manchmal ... nicht so pur."

Und ich dachte, *ich* wäre ein wenig voreingenommen.

Der Sheriff kannte sich aus. Sie musste oft hierherkommen.

Es erschien sinnvoll. Wenn ich so viel Papierkram zu erledigen und im selben Gebäude mit jemandem wie Stu Manchester arbeiten müsste, würde ich wahrscheinlich auch an einen (abgesehen von den Geistern natürlich) verlassenen Ort kommen, um meine Arbeit ohne unnötige Störung zu erledigen.

Wir blieben zwischen zwei langen Regalreihen stehen, und Bloom beugte sich zu einem hüfthohen Regal vor. „Mal sehen … Weihnachtsmann, Werelch, Werwolf" – sie fuhr mit dem Finger über die Buchrücken, während sie sie vorlas – „Wodja-noi, Wolpertinger, Wyvern – ah! Da haben wir's. Xana."

Sie holte ein dickes Lederbuch mit der Aufschrift *Abstammung* aus dem staubigen Regal und schlug das Inhaltsverzeichnis auf, bevor sie es durchblätterte. Ihre Augen wanderten so schnell von oben nach unten, dass ich annahm, dass sie den Text nur überflog. Aber dann blätterte sie um, tat das Gleiche immer und immer wieder und klappte dann das Buch zu. „Nun, das ist interessant."

„Haben Sie gerade das alles gelesen?"

„Ja. Wenn man so viele Dokumente durchsehen muss wie ich, und Tausende von Jahren Zeit hat, um an seinen Fähigkeiten zu feilen, lernt man, wie man schnell liest."

Tausende von Jahren? Darauf würde ich später zurückkommen müssen.

„Also, was haben Sie herausgefunden?"

„Sie haben Tandy persönlich kennengelernt, oder?"

„Ja."

„Und als Sie mit ihr gesprochen haben, haben Sie etwas Ungewöhnliches gehört?"

„Ähm, nein. Nicht, dass ich …" Dann kam es mir wieder in den Sinn. „Oder doch, ich erinnere mich an Musik. Eine Harfe. Ist es das?"

„Und wie hat es sich für Sie angehört?"

„Ich weiß nicht. Wie eine Harfe? Sie wissen wahrscheinlich mehr über Harfen als ich."

„Warum sagen Sie das?" Sie schien wirklich nicht zu wissen, was ich meinte.

„Weil Sie ein – egal. Warum reden wir über Musik?"

„War es angenehm oder hat es Sie irgendwie gestört?"

„Es hat mir gefallen. Es war tatsächlich eines der schönsten Stücke, die ich je gehört habe."

Sheriff Bloom strahlte. „Ja, das dachte ich mir, aber ich musste sicher sein. Hmm ..." Sie schlug das Buch erneut auf und starrte darauf, während sie auf ihrer Unterlippe herumkaute.

„Wollen Sie es mir erklären?"

Mit einem Kopfschütteln klappte sie das Buch wieder zu. „Oh, natürlich. Xana können, wie das Buch erklärt, ein Lied produzieren. Sie können es auf ein bestimmtes Ziel ausrichten. Wenn das Ziel reinen Herzens ist, klingt die Musik wunderschön. In Ihrem Fall haben Sie eine Harfe gehört, und sie haben es als angenehm empfunden. Das sagt Gutes über Sie."

„Aber?"

„Aber wenn die Person ein unreines Herz hat oder lügt oder etwas verheimlicht, kann das Lied sie langsam in den Wahnsinn treiben, was zu Paranoia und sogar Halluzinationen führt."

Oh. Ich war froh, dass ich den Test bestanden hatte. Ich hatte einmal eine Pizza mit verdorbenen Pilzen gegessen, von der ich Halluzinationen bekommen hatte. Ich wollte so etwas nicht noch einmal erleben, vor allem nicht in einer Stadt, die sich sowieso schon ein bisschen wie ein ausgedehnter Drogentrip anfühlte.

Außerdem war es schwer genug, das neue Mädchen in der Stadt zu sein. Das Letzte, was ich brauchte, war, nervös durch die Stadt zu stolpern und mit Leuten zu reden, die nicht da waren.

Eine winzige Erinnerung meldete sich. „Warten Sie", sagte ich und holte sie hervor. „Tanner hat etwas über – ja! Das ist es! Tanner hat gesagt, Bruce habe sich in der Woche vor dem Mord seltsam verhalten. Er habe mit Leuten geredet, die nicht da waren und paranoid gewirkt. Denken Sie …?"

Bloom lachte trocken. „Oh ja. Das denke ich auf jeden Fall."

„Aber wie können wir sicher sein?"

Bloom stellte das Buch zurück ins Regal. „Das ist das Problem. Wir können sie verhaften, aber ohne Beweise kommen wir mit einer Anklage nicht durch. Wenn sie gesteht, haben wir vielleicht was, aber sie scheint mir nicht der Typ zu sein, der gestehen würde. Wenn wir es irgendwie schaffen könnten, die Anklage durchzusetzen, und sie vor Gericht gestellt würde, würde das auch nicht so ausgehen, wie wir es wollen; stellen Sie jemanden, der aussieht wie sie, vor eine Jury, und das Urteil wird immer ‚unschuldig' lauten."

Es hörte sich an, als wäre das Justizsystem in Eastwind nicht viel anders als das zu Hause.

„Also stellen wir ihr eine Falle?", fragte ich.

„Nein …", sagte sie bestimmt. „Das könnte von einer Jury leicht zu unseren Ungunsten ausgelegt werden. Zumindest, wenn ich es tue. Wenn Sie jedoch Beweise finden oder sie ein Geständnis machen würde, während zufällig ein Polizeibeamter in der Nähe ist, um es zu bezeugen …" Sie ließ den Satz unvollendet, was in Ordnung war. Mehr musste sie nicht sagen.

„Die Frage ist also: Wie überzeugt man eine solche Psychopathin davon, ihr wahres Gesicht zu zeigen?", sagte ich.

„Das ist die Eine-Million-Goldstücke-Frage."

Nachdem wir herausgefunden hatten, wofür wir hergekommen waren (abgesehen von einer speziellen Anleitung, wie man Tandy austrickst, von der ich nicht einmal erwartet hatte, dass wir sie in einer so riesigen Bibliothek finden würden), gingen wir durch einen eiskalten Geist nach dem anderen und machten uns auf den Weg zum Ausgang.

„Ich muss mich wieder meinem Papierkram widmen", sagte sie, „aber ich werde Tanners Fall so lange wie möglich hinauszögern. Und ich werde dafür sorgen, dass er in Gewahrsam gut behandelt wird. Sie schicken mir einfach eine Eule, um mir mitzuteilen, wo und wann Deputy Manchester sein soll, und ich schicke ihn."

„Sie vertrauen ihm?"

„Manchester?", fragte sie überrascht. „Natürlich." Dann ließ ihre Überraschung nach, und sie fügte hinzu: „Sicher, er kann ein wenig überheblich und unbeabsichtigt herablassend sein, aber glauben Sie mir, wenn ich sage, dass er ein gutes Herz hat. Das zu spüren, ist irgendwie mein Ding."

„Okay. Wenn Sie ihm vertrauen, vertraue ich ihm auch."

„Er ist ein guter Polizist. Zuverlässig, ehrlich. Er mag manchmal nervig sein, aber wenn man ihn braucht, ist er da. Und darauf kommt es an. Wir sind ein kleines Department. Abgesehen von Jingo, der, was Kundenservice angeht, nicht gerade sein Gewicht in Salbei wert ist, sind nur Manchester und ich dafür verantwortlich, Recht und Ordnung in dieser Stadt aufrechtzuerhalten. Ich würde ihm mein Leben anvertrauen. Das heißt, wenn ich sterblich wäre." Sie zuckte mit den Schultern, bevor sie sich zu Grim herunterbeugte. „Pass auf, dass sie nicht in Schwierigkeiten gerät. Und pass auch auf, dass du genug trinkst, nach der Pfütze, die du an Jingos Schreibtisch hinterlassen hast."

Sie tätschelte ihm den Kopf und ging dann zurück zu ihrem Büro.

„Lass uns gehen", sagte ich. „Möchtest du jetzt deine Lasagne?"

„Und ob!" Als er die Stufen hinuntertänzelte und ich die Informationen, die ich gerade über Xana erfahren hatte, noch einmal durchging, formulierte sich eine Frage in meinem Kopf. *„Hey Grim, aus reiner Neugier, hast du Tandys Lied gehört, als wir in Echo's Salon waren?"*

„Nein, aber wenn ich es getan hätte, hätte es sicher schlimmer geklungen als die Krallen einer Todesfee auf einem Kupferkessel."

Ich verdrehte die Augen. *„Ja, ja. Du hast so eine dunkle Vergangenheit. Nenn mir doch bitte ein Beispiel für etwas Schreckliches, das du getan hast."*

„Oh nein. Vergiss es. Was in den Deadwoods passiert, kommt nie ans Licht."

Oh Junge. *„Ich hatte wirklich Glück, dich als Vertrauten zu bekommen",* sagte ich sarkastisch.

„Ich habe gerade das Gleiche über dich gedacht. Vergiss bei all dem nicht, dass Glück nicht gleich Glück ist."

„Oh, Grim. Das vergesse ich sicher nicht."

Kapitel Vierzehn

In Franco's Pizza herrschte am späten Nachmittag viel mehr Betrieb, und das vertraute Klirren von Metall und Glas und das aufgeregte und freundliche Geplapper fühlten sich ein bisschen wie zu Hause an. Ich vermisste den Druck, das Chez Cœur zu leiten, nicht so sehr, aber ich vermisste die Atmosphäre.

Wenn man die meiste Zeit seines Lebens allein verbringt oder sich zumindest allein fühlt und unbemerkt und unbeachtet bleibt, ist jeder Beweis dafür, dass man existiert und Teil von etwas Größerem ist, dass diese Welt real und lebendig ist und man ein Teil davon ist, als würde man sich in einer kalten Novembernacht in eine warme Bettdecke einwickeln.

Grim wollte draußen bleiben, und ich stritt mich deswegen nicht mit ihm. Der Empfangstisch war jetzt von einem süßen, gertenschlanken Mädchen besetzt, vielleicht knapp unter zwanzig, mit dunkler Mokka-Haut und strahlend grünen Augen. „Willkommen", sagte sie. „Tisch für eine Person?"

„Ich wollte eigentlich nur eine Bestellung zum Mitnehmen aufgeben. Und ist Jane da?"

„Ja."

„Kann ich mit ihr sprechen?"

Die sanfte, fast kindliche Ausstrahlung des Mädchens machte schnell der jugendlichen Skepsis Platz, die ich immer geschätzt hatte. „Äh, sind Sie sicher, dass Sie das wollen?"

Ich lachte. „Ja, ich bin mir sicher."

Sie zuckte mit den Schultern, als wollte sie sagen: Ich habe Sie gewarnt. „Wie heißen Sie, damit ich es ihr sagen kann?"

„Nora Ashcroft."

Sie erkannte den Namen sofort.

Ich dachte immer, dass es irgendwie cool wäre, wenn mir mein Ruf vorauseilen würde. Aber wie sich herausstellte, war es ein bisschen gruselig und beunruhigend.

„Oh, *Sie* sind Nora?"

„Ja."

„Ich habe von Ihnen gehört."

Natürlich. „Von wem?"

„Von meinem Onkel. Er sagt, Sie seien an seinem Arbeitsplatz vorbeigekommen und hätten angefangen, Fragen über Bruce Saxon zu stellen."

„Ah. Ansel? Er ist Ihr Onkel?"

Sie nickte.

„Und wie heißen Sie?"

„Greta."

„Schön, Sie kennenzulernen, Greta. Soll ich bei Ihnen bestellen, oder ...?"

„An der Bar", sagte sie, sichtlich entspannter, nachdem wir die Namen ausgetauscht hatten.

Ich weiß vielleicht nicht, wie man einen Zauberstab benutzt oder Zauber wirkt, aber die Freundlichkeit, die das einfache Fragen nach dem Namen einer Person wecken konnte, könnte genauso gut ein Zaubertrick sein.

„Ich werde Jane sagen, dass sie Sie dort finden kann."

„Großartig! Danke, Greta."

Zu meiner oberflächlichen Freude arbeitete der sexy Barkeeper fleißig und schwenkte seinen Zauberstab wie ein Hogwarts-Absolvent, während eine Flasche Rotwein über drei Gläser schwebte und sich in jedes ergoss, ohne einen Tropfen zu verschütten.

Ich gebe zu, in diesem Moment verspürte ich ernsthaften Neid auf den Zauberstab.

Ich ließ mich auf dem letzten freien Stuhl an der Bar nieder und lächelte ihn an, als er in meine Richtung blickte.

Er sah einfach an mir vorbei.

Ich schrieb es der Konzentration zu, die derartiges magisches Multitasking erforderte, bis sein Blick an etwas über meiner Schulter hängen blieb und er rief: „Pablo! Schön, dich zu sehen!", während er mit seiner Hand, die keinen Zauberstab hielt, winkte.

Als er ein paar Augenblicke später wieder in meine Richtung blickte, räusperte ich mich und hob beiläufig einen Finger, um zu signalisieren, dass ich bestellen wollte.

Wieder ignorierte er mich.

„Entschuldigung", rief ich schließlich. Ich hatte nicht vorgehabt, so früh am Tag etwas zu trinken, aber wenn er mich weiterhin ignorierte, würde ich auf jeden Fall ein Glas Wein trinken wollen. Oder noch besser, ein paar Fingerhoch Whisky.

Oh nein. Gab es Whisky in Eastwind?

Sie hatten Kobolde, oder? Unbestreitbar klischeehafte Kobolde. Sie mussten also Whiskey oder was Ähnliches haben, oder?

„Was hätten Sie gern, Nora?" Die tiefe, sanfte Stimme riss mich aus meinen alkohollastigen Gedanken, und ich konzentrierte mich auf Mr. Sexy Barkeeper, der sich endlich entschlossen hatte, mich zur Kenntnis zu nehmen.

„Sie kennen meinen Namen?"

„Natürlich. Sie sind diejenige, die dafür verantwortlich ist, dass Tanner verhaftet wurde."

„Das bin ich *nicht*!", beharrte ich.

„Natürlich, wie auch immer." Er fuhr fort, seinen Zauberstab zu schwenken, und leere Gläser auf der Bar schwebten in einen Eimer mit Seifenlauge.

„Ich möchte eine Bestellung zum Mitnehmen aufgeben."

„Oh, wie traurig, dass Sie nicht bleiben", sagte er unverschämt.

„Ich weiß nicht, ob ich Sie mag."

„Darf ich also damit rechnen, dass Sheriff Bloom bald auch hier auftaucht und mich verhaftet?"

Meine Antwort blieb mir im Hals stecken, was wahrscheinlich das Beste war, da sie gewisse Worte mit vier Buchstaben beinhaltete.

„Nora."

(Nein, mein Name war keines davon.)

Jane kam lächelnd auf mich zu. „Schön, Sie schon so bald wieder hier zu sehen."

Ich hätte Hallo sagen und erwähnen sollen, dass die Lasagne zu köstlich gewesen war, um wegzubleiben, aber stattdessen sagte ich: „Wussten Sie, dass Ihr Barkeeper ein ziemlicher Arsch ist?"

Ihr Blick schoss zu ihm und dann wieder zu mir. „Ja."

„Oh. Nun, ähm, er weigert sich, mich zu bedienen."

„Tue ich nicht", sagte er. „Sie haben nie eine Bestellung aufgegeben."

„Weil Sie mich nie gefragt haben, was ich wollte!"

„Donovan", sagte sie sanft, „wir mögen Nora, okay?"

Er zuckte auf eine trotzige Art und Weise mit den Schultern, die bei Greta natürlicher gewirkt hätte als bei einem erwachsenen Mann. „Sie ist mir egal. Sie ist nicht mehr als

Tanners kleine Schwärmerei, die ihn ins Gefängnis gebracht hat."

Diesmal perlte die Anschuldigung an mir ab, denn, ähm – ich war „Tanners kleiner Schwarm"? Wusste Donovan das sicher, oder vermutete er es nur?

„Sie ist auch jemand", erwiderte Jane, „der hart arbeitet, um den Mord an meinem Ex-Mann aufzuklären und dadurch Tanner aus dem Gefängnis zu holen. Ich würde mich also freuen, wenn du deine nervige sexy-gequälte Attitüde an der Garderobe abgeben würdest, verstanden?"

Donovan wirkte eingeschüchtert, und ich schäme mich nicht zuzugeben, dass es mir Spaß machte, das zu sehen.

Er sah Jane nicht an, als er sagte: „Verstanden."

„Und jetzt mach ihr einen Drink aufs Haus." Sie nickte mir zu. „Was ist der Trank deiner Wahl?"

Ich ließ den Blick über die Flaschen schweifen, aber keine davon war beschriftet. „Habt ihr Whisky?"

Jane grinste. „Oh, und ob wir den haben."

„Ich könnte mir einen schönen Winter-Whisky-Cocktail vorstellen."

Jane nickte zustimmend. „Donovan, mach ihr einen Spiced Yeti und benutz den zwölfjährigen Sheehan-Whisky." Sie nickte mir zu. „Und zu essen?"

„Eine Lasagne zum Mitnehmen, bitte." Mein Magen knurrte. Oh, ja. Ich denke, ich sollte auch was für mich bestellen. „Nein, zwei, bitte."

„Zwei?" Sie klang beeindruckt, aber ich wusste, dass sie es falsch verstanden hatte.

„Die sind nicht beide für mich. Eine für mich und eine für Grim."

„Ihren Vertrauten?"

„Ja, der große schwarze Hund draußen, der mitleiderregend durchs Fenster starrt und hofft, dass er dadurch ein paar Essensreste bekommt."

„Donovan!", rief sie. „Zweimal Lasagne zum Mitnehmen."

Er verkniff sich jede trotzige Reaktion, die seinen vollen, perfekten Lippen entfleuchen wollte, und kritzelte die Bestellung mit seinem Zauberstab in die Luft, wobei den Bewegungen geschwungene Schreibschrift aus Licht folgte.

„Sie kümmern sich gut um den Hund, nicht wahr?", fragte Jane.

„Nun, er hat mir vorhin im Büro des Sheriffs einen Gefallen getan." Einen ganzen See davon.

„Ich mag Hundemenschen", sagte sie. „Ich bin selbst einer."

Ihre Mundwinkel zuckten, und als ich die Doppeldeutigkeit verstand, konnte ich das Lachen nicht zurückhalten, und sobald ich losprustete, tat sie es auch.

Die Feenkellnerinnen huschten von Tisch zu Tisch, und während ich zusah, dachte ich wieder darüber nach, warum ich eigentlich hierhergekommen war, abgesehen von meinem Deal mit Grim. „Ich muss Sie um einen Gefallen bitten, Jane."

„Ja?" Sie wirkte plötzlich angespannt. Wahrscheinlich war sie es nicht gewohnt, dass Leute sie um einen Gefallen baten. Sie strahlte nicht gerade Wärme aus.

„Sie sagten, Sie hätten eine Freundin, die in Echo's Salon arbeitet, nicht wahr?"

„Ja, Hyazinth Bouquet."

Ich beugte mich vor, um sicherzugehen, dass niemand lauschte. „Glauben Sie, Sie könnten sie bitten, ein bisschen handgemachten Klatsch im Salon zu verbreiten?"

„Ehrlich gesagt glaube ich nicht, dass ich sie davon abhalten könnte."

„Perfekt."

Donovan knallte meinen Cocktail vor mir auf den Tresen und verschwand dann wieder.

Als Jane ihren Mund öffnete, um ihn zu schelten, hob ich eine Hand. „Lassen Sie ihn ruhig schmollen. Es macht mir nichts aus." Das warme Glas in meiner Hand entspannte mich und der erste Schluck ... oh heiliger Rauch!

Ich meine, im wahrsten Sinne des Wortes. Die Rauchigkeit war göttlich. Ich wusste genug über Cocktails, um das auf den Whisky als Herz des Cocktails zurückzuführen. Bei der Destillation musste Magie im Spiel sein. Und zwar jede Menge davon.

Ich trank noch einen Schluck. Dann hob ich das Glas hoch, um es zu betrachten. Meine Vermutung war Whiskey, warme Sahne, Zimt, Nelken und – ich trank noch einen Schluck – war das ein Spritzer Ahornsirup?

Es hätte ein Spritzer Grims Natursekt sein können, und ich hätte es trotzdem getrunken.

Na gut, vielleicht ging das zu weit.

Aber Sie verstehen, was ich meine.

„Gut?", fragte Jane.

„Wenn Whisky dort, wo ich herkomme, so gut schmecken würde, würde er sofort verboten werden."

„Ich hoffe, dass ich nie dort lande, wo Sie herkommen." Sie erlaubte mir noch einen Moment des stillen Genusses, bevor sie fortfuhr. „Was soll ich also Hyacinth sagen?"

„Oh, richtig. Das." Jetzt, da der Spiced Yeti in meinem Leben war, kam mir das alles so unwichtig vor. Aber wie ein Champion riss ich mich zusammen. „Ich hätte gern, dass sie das Gerücht verbreitet, dass ich weiß, wer der Mörder ist, und dass ich gleich morgen früh mit Sheriff Bloom darüber sprechen werde. Außerdem ist es wichtig, dass die Leute denken, ich hätte schon Beweise."

Jane riss die Augen auf. „Und haben Sie? Ich meine, wissen Sie, wer der Mörder ist?"

Ich nickte. „Ja." Ich sah mich im Raum um. Wer weiß, welche Kreatur hier ein hervorragendes Gehör besaß. Ich konnte es nicht riskieren. „Aber ich sollte es noch nicht sagen. Können Sie dafür sorgen, dass Hyacinth davon erfährt, bevor der Salon heute Abend schließt? Es ist von entscheidender Bedeutung, dass das Gerücht genug Zeit hat, die Runde zu machen."

„Oh, machen Sie sich darüber keine Sorgen", sagte sie und winkte ab. „Gerüchte brauchen nicht viel Zeit, um sich bei Echo zu verbreiten. Einmal gesagt, ist es sofort in aller Munde. Die Verbreitung einzudämmen ist ein Trick, den alle Hexen in Eastwind nicht hinbekommen würden, selbst wenn sie ihre Zauberstäbe vereinen würden. Übrigens, warum haben Sie keinen Zauberstab? Sie sind eine Hexe, oder?"

„Ich bin mir eigentlich nicht sicher, wo ich mit der Zauber-stabsache stehe. Oder der Hexensache."

„Das sollten Sie wahrscheinlich herausfinden", schlug sie vor.

„Ihr Wort in Gottes Gehörgang." Ich trank gerade meinen Cocktail aus, als eine schwarzhaarige Fee mit einer Tüte mit meinem Essen aus der Küche geflattert kam. Ich griff in meine Tasche und holte eine Handvoll Goldmünzen heraus. „Wie viel bin ich Ihnen schuldig?"

Jane senkte den Blick und keuchte. „Ooo, Nora, das sollten Sie am besten gleich wieder in Ihre Tasche stecken."

„Ach kommen Sie schon, Sie müssen mich bezahlen lassen. Sie tun mir so schon einen riesigen Gefallen."

Sie schloss meine Finger um die Münze und schob meine Hand zurück zu meiner Hose. „Ich lasse Sie bezahlen, aber das ist *viel* zu viel Geld. Sie können nicht einfach in der Öffentlichkeit eine Handvoll Gold aus der Tasche ziehen. Leute sind schon für weniger Geld gestorben."

„Oh." Da mich bisher niemand in dieser Stadt für etwas hatte bezahlen lassen –na ja, außer Tanner, aber ich hatte das Goldstück einfach auf die Theke gelegt und war gegangen –, war mir nicht bewusst gewesen, dass Ruby mir ein kleines Vermögen zugesteckt hatte.

„Eine davon reicht", sagte Jane, „und er wird dir Wechselgeld bringen. Viel Wechselgeld."

„Kein Wechselgeld. Behalten Sie es bitte."

Sie lächelte mütterlich, obwohl sie wahrscheinlich nur zehn Jahre älter war als ich. „Ich werde es Ihrem Konto gutschreiben. Davon können Sie das ganze nächste Jahr jeden Tag hier essen."

„Oh, ich ... wow!"

Anscheinend war Ruby reich. Vielleicht war es ein lukratives Geschäft, Medium-Schrägstrich-Privatdetektivin zu sein.

Als ich zur Tür ging, ergriff Jane meine Hand. „Ich habe das Gefühl, dass das, was Sie vorhaben, gefährlich ist. Also tun *Sie* mir bitte einen Gefallen."

„Okay?"

„Lassen Sie sich nicht umbringen. Ich mag Sie."

Kapitel Fünfzehn

Es bedurfte einiger Überzeugungsarbeit, aber Ruby erlaubte Grim, das Haus zu betreten, ohne vorher ein Bad zu nehmen … dieses eine Mal. Es waren schließlich besondere Umstände. Ich betrat gefährliches Terrain und brauchte unauffällige Unterstützung für den Fall, dass irgendwas schiefging.

Ruby war mit Clifford auf meine Bitte hin zu einem Abendspaziergang aufgebrochen. Dafür war jedoch nicht viel Überzeugungsarbeit nötig gewesen. Sie wollte nicht in der Nähe sein, wenn es zur unvermeidlichen Konfrontation kam. Sie sagte, ihre Nerven hätten in den vielen Jahren schon genug gelitten.

Also blieb ich allein im Wohnzimmer und wartete darauf, dass es an die Tür klopfte.

Nun ja, nicht ganz allein. Grim döste am Kamin und war ausnahmsweise eher ein Hund als eine gequälte Seele, und Bruce Saxon saß in Rubys Sessel in der Ecke und starrte sehnsüchtig auf ein Buch, das er nicht aufschlagen konnte, um es zu lesen. Anscheinend konnten Geister die Bücher nur bewegen, wenn sie in der Bibliothek waren. Ich schrieb das wieder einer Art von Magie zu, die ich nicht verstand.

Und dann lag da noch Deputy Stu auf der Lauer ...

Als das letzte Licht durch den Spalt in den Vorhängen verblasste, hallte ein Klopfen von der Tür durch die gemütliche Stube. Ich holte tief Luft, nahm meinen Mut zusammen und ging, um den Besucher einzulassen. Aber ich hielt inne, bevor ich die Tür öffnete. Das war der erste wirklich gefährliche Teil. Sie könnte mich überraschen, versuchen, mich sofort zu überwältigen, mir etwas Schweres überbraten, so wie sie es mit Bruce getan hatte.

„Grim", zischte ich.

Er erwachte schnaubend aus seinem Schlaf. *„Was?"*

„Würde es dir was ausmachen, nur ein bisschen länger bei Bewusstsein zu bleiben?"

„Wie du willst. Aber wenn ich das nächste Mal wachsam sein soll, gib mir nicht ein paar Stunden vorher eine ganze Lasagne zu essen."

„Du wusstest, dass das kommen würde. Du hättest dich zusammenreißen und nicht alles auf einmal runterschlingen können." Aber noch während ich es sagte, wusste ich, dass das nicht stimmte. Grim war vielleicht mein Vertrauter, aber er war immer noch ein Hund, und ich hatte noch nie erlebt, dass ein Hund Selbstbeherrschung besaß, wenn ihm Menschenessen angeboten wurde.

Ich schluckte schwer und öffnete die Tür, meine Muskeln in Erwartung des Schlimmsten angespannt.

Stattdessen strahlte Tandy mich an, als wären wir alte Freundinnen. „Nora! Schön dich wiederzusehen!"

Hyacinth hatte getan, worum ich gebeten hatte. „Hey, Tandy. Was führt dich denn zu dieser Stunde hierher?"

„Oh, weißt du, ich wollte nur vorbeischauen. Ich war auch mal das neue Mädchen in der Stadt und weiß, wie schwer es sein kann, wenn man niemanden kennt. Ich dachte, ich komme vorbei und lerne dich besser kennen."

Mannomann, ich wette, dass die Leute ständig auf ihre nette Art reinfielen. Sogar mir fiel es schwer, jemanden wie sie anzusehen und „Mörderin" zu denken, und ich glaubte mit ziemlicher Sicherheit, dass sie es getan hatte.

„Großartig", sagte ich. „Komm rein."

Ich trat zur Seite, und sie glitt in Rubys Haus.

Bruce schwebte ein paar Meter näher an sie heran, sodass die Flammen des Kamins durch ihn hindurch schimmerten und es schwierig machten, seine untere Hälfte zu sehen. „Tut mir leid", sagte er, „aber ich kaufe es dir immer noch nicht ab. Tandy würde das auf keinen Fall tun."

Ich warf ihm einen scharfen Blick zu und warnte ihn, nicht näher zu kommen, damit sie nicht die Kälte seiner Anwesenheit spürte, eins und eins zusammenzählte und unseren Plan vereitelte.

„Tee?", fragte ich, als sie sich an den Stubentisch setzte.

„Ja, bitte."

Ich machte mich daran, ihn so zuzubereiten, wie ich es bei Ruby gesehen hatte.

Ich hielt inne und starrte auf die Gläser mit getrockneten Blättern, Zweigen und Blüten. Hmm ... welche waren für den Tee und welche für die wenigen Zaubersprüche, die Ruby ausführen konnte? Es schien wichtig, die beiden Kategorien nicht zu vermischen.

Ich entschied mich für den größten Behälter, von dem ich sicher schon einmal gesehen hatte, dass sie Blätter aus ihm geholt hatte. Dann fügte ich noch ein paar Streusel aus einer kleinen Holzschachtel mit etwas hinzu, das sicher getrockneter Lavendel war. Getrockneten Lavendel konnte ich allein durch die Berührung erkennen, ich hatte ihn in so vielen Rezepten im Chez Cœur benutzt.

Während ich den Herd mit ein paar Hickoryspänen anheizte und den Topf mit Wasser daraufstellte, begann Tandy ein Gespräch.

„Was hast du so getrieben, seit du in Eastwind angekommen bist?"

„Oh, nicht viel", sagte ich. „Ich habe mir hauptsächlich die Stadt angesehen. Hier ist alles so anders als da, wo ich herkomme."

„Und wo ist das genau?"

„Texas. Austin, um genau zu sein."

„Noch nie davon gehört", sagte sie schnell.

„Das hat hier niemand. Außer Ruby. Du sagst, du bist nicht aus Eastwind?" Der Teekessel fing an zu pfeifen, und ich nahm ihn vom Herd und goss das Wasser in zwei Tassen, dankbar, dass das Wasser hier fast augenblicklich kochte – obwohl ich mir nicht sicher war, warum. Es wäre wahrscheinlich am besten, wenn ich aufhören würde, mich zu fragen, wie Magie funktionierte.

„Richtig. Ich komme ursprünglich aus Avalon."

„Ist das ... hier in der Nähe?"

Sie lachte luftig. „Nicht wirklich. Du kommst durch einen Torbogen außerhalb der Stadt dorthin, aber ich denke, geographisch sind die beiden Orte nicht in der Nähe. Ehrlich gesagt bin ich mir nicht einmal sicher, ob sie im selben Reich sind."

Ich hatte Fragen. So viele Fragen. Aber sie führten alle vom Thema weg, und das Letzte, was ich wollte, war, dass die ganze Sache ins Leere führte und Deputy Manchester den Abend vergeblich in Rubys Badezimmer verbrachte.

Damit das klar ist: Ich habe *nicht* alle Eier in Grims Korb gelegt, wenn es um meine persönliche Sicherheit ging. Außerdem war jedes Geständnis sinnlos, wenn weder Manchester noch Bloom anwesend waren, um es zu hören.

Deshalb hatte ich Bloom, wie sie vorgeschlagen hatte, eine Eule geschickt, und sie hatte ihren Deputy geschickt.

Manchester hatte eine Stunde lang geduldig darauf gewartet, dass Tandy auftauchte, und ich konnte mir seinen Gesichtsausdruck nur vorstellen, wenn ihm langsam klar wurde, dass ich mit Tanners Unschuld möglicherweise recht hatte.

„Ist es üblich, dass Leute aus Avalon nach Eastwind kommen?", fragte ich, stellte den Tee vor ihr ab und nahm neben ihr am runden Tisch Platz.

„Nein", sagte sie verschwörerisch. „Eastwinder wollen vielleicht Avalon besuchen, aber Avalonier wollen normalerweise nicht hierherkommen."

„Warum bist du dann hier?"

„Mir gefällt die Kleinstadtatmosphäre. Ich finde die Armut nicht so abstoßend wie der Rest von Avalon."

Armut? So würde ich Eastwind bestimmt nicht beschreiben. Avalon musste ein ziemlich schicker Ort sein. Zoe Clementine hatte was in diese Richtung erwähnt.

„Du bist also gekommen, weil ...?"

„Ich habe Echo Chambers bei einer Soiree zu Hause getroffen, und er hat mich überzeugt, in Eastwind für ihn zu arbeiten." Sie wischte die Erinnerung mit dem Handrücken weg, als wäre sie nicht mehr daran interessiert. „Was hast du gemacht, bevor du hierhergekommen bist?"

„Ich hatte ein Restaurant." Ich nippte langsam an meinem Tee und schätzte ihre Reaktion ein.

Sie tat so, als sei sie überrascht. „Ach wirklich? Das hätte ich nicht gedacht." Sie warf ihr Haar über die Schulter, beugte sich vor und nippte an ihrem Tee.

„Was *hättest* du gedacht?"

Sie zuckte vage mit einer Schulter. „Oh, ich weiß es nicht. Im Salon gab es nur Gerüchte darüber, was du gemacht hast, und mit deinem formlosen Mantel und der Abwesenheit jeglichen Make-ups dachte ich, du wärst vielleicht Detektivin gewesen."

Bingo! Da waren wir. Die Gespräche, die bis zu diesem Punkt geführt hatten, waren leerer Smalltalk gewesen, ein Vorspiel, das zum Wesentlichen führte.

Mein Herz pochte, aber ich hielt meine Hände ruhig und meine Teetasse fest. „Detektivin?"

„Oh ja. Und wenn die Gerüchte wahr sind, bist du ziemlich gut darin. Im Echo heißt es, dass du den Mord an Bruce aufgeklärt hast."

„Ja", sagte ich nur und hielt meinen Blick auf sie gerichtet. „Das habe ich."

„Also, wer war es?", sagte sie, eine Spur zu fröhlich. „Nein, warte, lass mich raten. Ansel?"

Ich schüttelte den Kopf. „Nein, er nicht."

„Hmm ..." Sie tippte mit einem perfekt manikürten Finger auf ihre weichen, blassrosa Lippen. „Okay, dann muss es Jane gewesen sein."

„Nein."

Die Stille zwischen uns hätte man mit einem Messer schneiden können.

Und dann wehte leise Harfenmusik durch die Luft.

„Ich stehe zu dem, was ich gesagt habe", warf Bruce ein. „Sie ist nicht meine Mörderin. Der Mörder würde nicht raten, wer der Mörder ist."

Ich will nicht gemein sein, aber genau deshalb war Bruce tot. Er hatte sich einfach von einem hübschen Gesicht täuschen lassen. Er wollte nicht glauben, dass sie zu so etwas in der Lage war, also war er nicht wie ich auf das Ereignis vorbereitet.

„Hörst du sie, Grim?", fragte ich.

„Was meinst du, die Harfe?"

„Aha! Ich wusste es.”

„Was? Nein! Du, ähm, hast mich nicht ausreden lassen … ich wollte ‚Harpyienchor’ sagen, denn das höre ich gerade. Schrecklich! Es ist, als würden meine Ohren bluten.”

Das Klirren von Tandys Teetasse, die auf der Untertasse landete, lenkte meine Aufmerksamkeit wieder auf die Aufgabe, die vor mir lag. „Hast du Beweise?”, fragte sie.

„Ja”, antwortete ich. „Die Beweislage sieht ziemlich vernichtend aus.” Ich warf ihr ein aufgesetztes Lächeln zu und machte damit deutlich, dass dahinter keine Sympathie war. Sie sollte wissen, dass ich es wusste. Ich wollte, dass sie sich in die Enge getrieben fühlte.

„Wirst du mir sagen, welche Beweise du hast?”, fragte sie.

„Nein, ich denke, das werde ich mir für Sheriff Bloom morgen früh aufheben.”

Sie atmete tief ein und starrte auf ihre Tasse. „Bist du jemals betrogen worden, Nora?”

„Natürlich. Wer nicht?”

„Dann weißt du es”, sagte sie, ohne aufzublicken. „Oh, schau, ich habe keinen Tee mehr.”

„Ich hol’ dir mehr.”

„Nein.” Sie stand schnell auf. „Ich kann ihn holen.”

Ich versuchte, ruhig zu bleiben, ohne den Blick von ihr abzuwenden.

„Schuldgefühle können einen auffressen”, sagte sie nur wenige Meter entfernt in der angrenzenden Küche. „Am Ende holt uns die Schuld ein.”

„Hast du was, weswegen du dich schuldig fühlst, Tandy?”

Sie kam mit einer vollen Tasse und dem Wasserkessel zurück. „Soll ich auffüllen?”

„Sicher. Danke.”

Sie füllte meine Tasse und stellte den Wasserkessel auf einen Topflappen auf dem Tisch neben sich.

„Ich habe nicht über meine eigene Schuld gesprochen", sagte sie. „Ich habe über die von Bruce gesprochen."

„Bruce' Schuld? Wofür? Was hat er getan?"

Sie lächelte mich an, und ein Streifen perlmuttartiger Zähne schnitt wie ein Messer durch die sanfte Schönheit ihres Gesichts. „Wenn du den Mord aufgeklärt hast, wie du sagst, weißt du das schon.

Ich dagegen hatte nur einen Verdacht. Zu viele lange Nächte hintereinander, zu viele Ausreden. Sicher, unsere Beziehung hat als Affäre angefangen, aber ich habe mir eingeredet, dass es anders war. Er hatte Jane vielleicht betrogen, aber mir würde er das nicht antun. Ich war anders. Unsere Liebe war anders. Aber die Wahrheit war simpel. Ich wollte es nicht glauben. Warum sollte schließlich jemand, der aussah wie er, jemanden betrügen, der aussieht wie ich?"

„Bescheidenheit kann man ihr nicht vorwerfen", sagte Grim.

„Aber ein Mädchen kann seinen Mann nicht ewig in Schutz nehmen", fuhr Tandy fort. „Ich wollte mein Lied nicht gegen ihn verwenden, aber es war mein letzter Ausweg. Also habe ich es getan. Ich fing an, es immer dann zu benutzen, wenn wir nur zu zweit waren. Eine Zeitlang zeigte er keine Symptome, und ich war erleichtert. Da hätte ich aufhören sollen, aber das habe ich nicht. Es braucht Zeit, bis sich die volle Wirkung entfaltet. Also habe ich weitergemacht. Einerseits war ich vielleicht nur eifersüchtig und unsicher. Vielleicht gab es keine andere Frau. Aber andererseits ... vielleicht doch.

Dann wurden die Symptome sichtbar. Er dachte, Jane wollte das Medium Rare dichtmachen. Ich wusste allerdings, dass ihr das egal war. Tief im Inneren wünschte sich Jane nichts sehnlicher, als Bruce nie wiederzusehen oder von ihm hören zu müssen. Und so sehr Jane das auch wollte, Ansel wollte es noch mehr. Wusstest du, dass er ihr einen Ring gekauft hat?", sagte sie, und die Erwähnung eines Antrags inmitten dessen, was zu einem Geständnis werden könnte, brachte mich aus der Fassung.

„Das wusste ich nicht."

„Ja." Mit einem zarten Finger zeichnete sie träge Kreise um den Rand ihrer Tasse. „Aber er wird ihr keinen Heiratsantrag machen, solange er nicht sicher ist, dass sie endgültig über Bruce hinweg ist. Na ja, ich schätze, Ansel schuldet mir jetzt was." Sie hob die Tasse an ihre Lippen und trank diesmal einen langen Schluck. „Bruce' Paranoia wurde so schlimm, dass er mit mich zu Dates zu Franco's Pizza gebracht hat, weil er geglaubt hat, dass er Jane damit genug einschüchtern würde, damit sie einen Rückzieher macht, in der Hoffnung, dadurch das Medium Rare zu retten, das nie in Gefahr war, geschlossen zu werden. Denn seien wir ehrlich: Die Stadt liebt Tanner zu sehr, als dass sie zusehen könnte, wie er den einzigen Ort verliert, der sich für ihn wie sein Zuhause anfühlt."

Aber nicht zu viel, um Däumchen zu drehen und nichts zu tun, während er zu Unrecht verhaftet wird, dachte ich bitter.

„Jedenfalls", sagte sie und wedelte dabei mit der Hand, „hat Bruce' Paranoia, und dass ich ihn eines Nachts dabei erwischt habe, wie er mit niemandem im Bett redete, als er geglaubt hat, dass ich schlafe, mir verraten, dass mein Lied in den Ohren einer unreinen Seele angekommen war."

„Darf ich dich was fragen?"

Sie schmunzelte. „Das hast du gerade."

War sie gerade absichtlich süß zu mir? Wusste sie nicht, wie viel Ärger auf sie zukommen würde?

„Ist es möglich, dass das Lied einer Xana nach hinten losgeht?"

„Hm?" Ihre Nase kräuselte sich entlang des Nasenrückens, was sie ein bisschen dumm und ein bisschen hässlich aussehen ließ. Und, ja, das befriedigte mich. Schließlich war sie eine Mörderin, also durfte ich kleinkariert sein, oder?

„Es macht mich nicht paranoid", sagte ich. „Dein Lied, meine ich. Für mich klingt es immer noch wie Harfenmusik. Aber wie klingt es für dich? Ich kann mir nicht vorstellen, dass die Seele eines Mörders vollkommen rein ist. Warst du in letzter Zeit paranoid, Tandy? Glaubst du, Dinge zu sehen, die nicht da sind? Was, wenn du dir das Ganze nur eingebildet hast und jedes Mal, wenn du Bruce dein Lied vorgesungen hast, *du* diejenige warst, die paranoider wurde, bis du davon überzeugt warst, dass er dich betrogen hat, obwohl dem nicht so war? Was, wenn du ihn grundlos ermordet hast?"

Ihr Blick wanderte lustlos durch den Raum, während sie darüber nachdachte. „Was? Nein. Ich kann mich nicht ... ich weiß, dass er mich betrogen hat. Ich habe keinen Fehler gemacht. Er hat den Tod verdient!" Ihre Aufmerksamkeit schoss zu mir. „Du versuchst, mich auszutricksen, du bescheidene dreckige Hexe!"

Ihre Schönheit verschwand in diesem Moment.

Sie knurrte, als die Harfe scharf und hektisch spielte. Ihre langen Finger schlossen sich um den Griff des Eisenkessels, und sie hob ihn über ihren Kopf. Ich war zu langsam, um zu reagieren. Ich versuchte, meine Arme zu heben, um mein Gesicht zu schützen und den Schlag abzuwehren. Ihre Kraft und Wut waren furchterregend und gingen in Schüben von ihr aus, als sie den Wasserkessel auf mich herabsausen ließ und ich meine Augen schloss und ...

„Gaaaaah!", schrie sie. Als ich meine Augen wieder öffnete, sah ich nur einen schwarzen Blitz, wie einen Schatten, der durch die Luft flog.

Dann begann es, einen Sinn zu ergeben.

Grim.

Deputy Manchester kam aus dem Badezimmer gestürmt und stürzte auf sie zu, und erst nachdem er seine Handschellen hervorgeholt hatte, erhob sich Grim von dort, wo er Tandy auf den Dielenboden gedrückt hatte, und löste seinen gewaltigen Kiefer von ihrem Hals.

Als der Deputy Tandy Handschellen anlegte und sie unsanft auf die Füße zog, stellte sich Grim zwischen mich und die Mörderin und ließ sich auf seinen dicken Hintern fallen, sodass die Dielen unter meinen Füßen erbebten.

Tandy widersetzte sich der Verhaftung, so gut sie konnte, aber es mangelte Deputy Manchester nicht an körperlicher Kraft. Er schaffte es mit Leichtigkeit, sie in den Griff zu bekommen, während sie sich wand und schrie wie die Psychopathin, die sie eindeutig war, dass sie alles in ihrer Macht Stehende tun würde, um freizukommen und sich mich vorzuknöpfen.

„Nun, das wird Ihrem Fall im Prozess sicher nicht weiterhelfen", sagte Deputy Manchester, als er sie zur Tür hinausschob. Bevor er jedoch außer Sichtweite war, sagte er zu mir: „Machen Sie sich keine Sorgen, Miss Ashcroft. Das sagen sie immer, wenn die Handschellen angelegt werden. Ich habe den Überblick verloren, wie viele Morddrohungen ich bekommen habe, und doch bin ich immer noch hier und habe einen weiteren Tag überlebt." Er nickte entschlossen. „Gute Arbeit übrigens."

Als er sie die Verandatreppe hinunterführte, hielt ein Holzkarren vor dem Haus an. Es sah so aus, als könnte er vor mehr als hundert Jahren in Texas von einem Pferd gezogen worden sein, aber es gab kein Pferd. Nur den Karren. Und er schwebte.

Ich meine, warum auch nicht? Wenn ich etwas über Magie gelernt habe, dann, dass die Frage nach dem „Wie" zu nichts führte. Am besten denkt man einfach: Oh hey! Das ist cool! Und wendet sich dann wieder seinem Tag zu.

Oder in diesem Fall seiner Nacht.

Ich schloss die Tür und drehte mich den beiden verbleibenden Anwesenden zu. Grim leckte sich am Feuer aggressiv die Hoden, also beschloss ich, meine Aufmerksamkeit stattdessen auf Bruce zu richten, der, wenn ich Ruby vorher richtig verstanden hatte, nicht mehr lange auf dieser Welt sein würde.

Der Mord war aufgeklärt. Der Mörder war festgenommen worden. Bruce hatte, was er brauchte, um zu gehen.

Nur, dass er immer noch da war. Er war nicht übergetreten. Hm.

„Kann ich dir helfen?", fragte ich, doch dann wurde mir klar, wie unhöflich es sich anhörte. Das war keine Art, mit einem Toten zu reden, der sich jetzt damit abfinden musste, dass seine Freundin diejenige gewesen war, die ihn getötet hatte. „Ich meine nur, ich hatte gehofft, dass dir das den Abschluss bringen würde, den du brauchst, um überzuwechseln."

„Das hatte ich auch gehofft", sagte er und schwebte in die Mitte des Raumes, die Arme vor der Brust verschränkt, das Gesicht verzogen, auch wenn ich mir nicht sicher war, ob er Schmerzen hatte oder tief in Gedanken versunken war. Möglicherweise beides. Schließlich kann zu späte Selbsterkenntnis eine Art langsame Folter sein. Er richtete seinen Blick auf mich, immer noch mit verkniffener Grimasse, als er sagte: „Ich war ein egoistischer Idiot, nicht wahr?"

„Ja."

Ich weiß, das war normalerweise der Punkt, an dem man lügen und seinem Gegenüber versichern sollte, dass „jeder das getan hätte" oder „es im Grunde genommen gar nicht so schlimm war." Aber ich konnte mich nicht dazu durchringen. Das war Bruce' letzte Gelegenheit für Ehrlichkeit. Und ich hatte nicht den Eindruck, dass er wollte, dass ich etwas sagte, nur damit er sich besser fühlte.

„Ich spüre, dass es fast Zeit für mich ist zu gehen, aber bevor ich das tue", sagte er, „musst du jemanden eine Nachricht von mir überbringen."

„Wem?"

„Jane."

Ich nickte.

„Sag ihr, dass mir jetzt klar ist, wie egoistisch ich war – sie wird das zu schätzen wissen –, aber lass sie auch wissen, dass sie die einzige Frau war, die ich je wirklich geliebt habe, und ich ihre Liebe nie verdient habe."

Trotz all der Schwierigkeiten, die sein Verhalten verursacht hatte, schmerzte mein Herz für Bruce. Aber vor allem für Jane.

„Sie und Ansel passen viel besser zusammen. Lass sie wissen, dass sie meinen Segen haben. Und ich weiß, dass ich schon genug von dir verlangt habe, aber wenn du ihr noch erklären könntest, dass ich am Ende, als ich besonders verletzend zu ihr war, nicht ich selbst war. Ich sage das nicht um meinetwillen, sondern um ihretwillen. Ich möchte nicht, dass sie glaubt, dass der Mann, der sie geheiratet hat und der sie so gut gekannt hat, unter normalen Umständen so grausam zu ihr gewesen wäre."

Ich verstand es. Und ich glaubte, dass die Bitte nicht egoistisch oder aus seinem Selbsterhaltungstrieb entstanden war. „Natürlich", war alles, was ich über den Kloß in meinem Hals krächzen konnte.

„Danke, Nora."

Und dann verschwand Bruce Saxon langsam.

Das war's, dachte ich. Es war vorbei. Der Mord war aufgeklärt, und der Geist war weitergezogen.

„*Okay, gut.*" Grims Stimme in meinem Kopf ließ mich zusammenzucken. „*Ich gebe auf. Du gewinnst. Am Feuer zu schlafen ist viel besser, als im Februar auf der staubigen Veranda zu schlafen.*"

„*Bist du mit einem Bad einverstanden?*"

„*Offensichtlich.*"

„*Gut, denn du riechst nach Mülltonne.*"

Er schmatzte mit seinen langen, sabbertriefenden Lefzen

und streckte seine Zunge heraus. „*Wenn ich ganz ehrlich bin, schmecke ich auch nach Mülltonne.*"

„*Ihhh, das musste ich nicht wissen.*"

„*Wie sieht's aus? Bist du bereit, mich zu schrubben, bis alle Zecken abfallen?*"

Ich seufzte, hundemüde. Hätte er mir nicht vor ein paar Minuten das Leben gerettet, hätte ich gesagt, er könnte noch eine Nacht draußen schlafen, und wir könnten uns am Morgen um das Bad kümmern.

Aber ich dachte, dass ich ihm wohl was schuldete ... wenn nicht sogar mein Leben.

„*Ja. Lass uns das machen. Ruby sagte, da hinten ist ein Schlauch.*"

Als ich ihm folgte, hielt ich Abstand, um der Hauptlast seines Gestanks zu entgehen, während wir nach draußen gingen, um gemeinsam etwas zu tun, auf das sich keiner von uns freute.

Epilog

Ich schlief wie eine Tote und wachte am nächsten Morgen auf, als das Mittagslicht durch die dicken Vorhänge von Rubys Gästezimmer leuchtete.

Die Fragen, die mir beim Einschlafen vage durch den Kopf geschwebt waren, hatten sich über Nacht klar formuliert, und sie bombardierten mich fast in dem Moment, in dem ich meine Augen öffnete.

Was sollte ich tun, jetzt, wo der Mord aufgeklärt war?

Sollte ich versuchen, nach Texas zurückzugehen?

Sollte ich mir eine dauerhafte Bleibe in Eastwind suchen?

Würde Ruby mich weiter kostenlos hier wohnen lassen?

Wozu war ich jetzt in dieser Stadt? Wie sollte ich meine Freizeit verbringen?

Freizeit.

Nun, das war ein unbekanntes Konzept für mich. Ich gebe nur ungern zu, wie sehr mich die Vorstellung erschreckte.

Doch dann, in dem Raum, den eine stürmische Karriere, eine Reihe wenig erfüllender Beziehungen und bis gestern ein zu lösender Mord hinterlassen hatten, begannen neue Ideen aufzutauchen. Aufregende Ideen. Von der Sorte, bei denen es nur um Spaß ging.

Ich könnte Eastwind erkunden.

Ich könnte Sheehan's Pub in Erin Park besuchen.

Oder mir die Rainbow Falls ansehen.

Oder den Tag mit Kostproben auf dem Bauernmarkt verbringen.

Oder mir eines der vielen Bekleidungsgeschäfte rund um das Stadtzentrum ansehen (trotz der magischen Reinigung des gleichen Shirts und der gleichen Hose war ich vielleicht für ein paar neue Klamotten überfällig; ich würde jedoch meinen Mantel behalten, weil ich diesen Mantel liebte).

Ooo! Oder ich könnte das Tierasyl besuchen, in dem Zoe arbeitete.

Oder ich könnte einen Zauberladen aufsuchen und mich mit Vorräten eindecken. Ich besaß ein gewisses Maß an Magie, aber ich hatte meine Grenzen noch nicht getestet.

Ich war eine Hexe.

Ich setzte mich im Bett auf und lachte.

Ich war eine Hexe!

So seltsam es auch klingen mag, ich hatte das bis zu diesem Moment noch nicht begriffen. Die Hektik, mich an den neuen Ort zu gewöhnen, und der Druck herauszufinden, wer Bruce getötet hatte, hatten mir keine Gelegenheit gelassen, mich mit dieser Realität auseinanderzusetzen.

Der Tag war voller aufregender Möglichkeiten, und keine davon war streng genommen produktiv.

Wer war ich, und was war mit Nora Ashcroft passiert?

Dann erinnerte ich mich an den Rest der vergangenen Nacht und dachte daran, dass noch eine große, unangenehme Aufgabe vor mir lag, bevor ich mich amüsieren konnte.

Nachdem ich so lange geschlafen hatte, hatte ich Rubys Frühstückszeit um Stunden verpasst, und sie war nirgends zu sehen, als ich hinunterging, mich für den Tag anzog und Grim an der Haustür liegend vorfand.

„*Sohn eines Hundekuchens, ich muss pinkeln*", beklagte er sich. „*Ich dachte, du wärst da oben vielleicht gestorben, und ich müsste meinen Tank drinnen leeren.*"

„*Du hast plötzlich ein Problem damit, drinnen zu pinkeln? Denn das ist nicht das, was mich deine Show im Büro des Sheriffs glauben gemacht hat.*"

„*Zwingende Umstände*", brummte er. „*Du hast eine Ablenkung gebraucht, und ich habe dafür gesorgt. Nimm es mir nicht übel, denn wenn du das nächste Mal meine Hilfe brauchst, bekommst du einen großen, dampfenden Haufen Nicht-mein-Problem. Wenn du mir jetzt die Tür öffnen könntest?*"

Ich wartete nicht, bis er fertig war, bevor ich mich auf den Weg zu Franco's Pizza machte. Er holte mich ein, als ich in die Seitenstraße einbog, in der das italienische Restaurant lag.

Greta begrüßte mich am Empfangstisch.

„Ich bin nur gekommen, um kurz mit Jane zu sprechen", sagte ich.

„Sie arbeitet heute nicht."

„Wirklich?", fragte ich, plötzlich besorgt. „Ist alles in Ordnung?"

Greta sah mich an, als hätte ich den Verstand verloren. „Ja, alles ist in Ordnung. Es ist einfach ihr freier Tag."

„Oh. Richtig." *Manche* Leute nahmen sich Tage frei. Zur Kenntnis genommen. „Können Sie mir vielleicht sagen, wo sie wohnt?"

Ich wusste, dass es ein Schuss ins Blaue war. Ich stellte mir vor, dass jemand das Chez Cœur betrat und einen meiner Kellner nach meiner Privatadresse fragte. Wenn das nicht der Zweck des roten Alarmknopfs unter dem Empfangstisch war, wusste ich nicht, was sonst.

Aber Eastwind war keine große Stadt. Und trotz der ungewöhnlich hohen Mordrate war Eastwind kein Ort, an dem alle in Angst lebten.

Und das gefiel mir sehr.

Greta teilte mir ohne zu zögern Janes Adresse mit, und ich dankte ihr und ließ mir von Grim den Weg zeigen.

Es war tatsächlich besser, dass Jane zu Hause war, als ich ihr Bruce' Nachricht überbrachte.

Ich erspare Ihnen jedoch die Details. Die Kurzfassung ist, dass Bruce' Botschaft angekommen war. Es gab Tränen (von uns beiden, denn ich bin kein Roboter, okay?). Jane dankte mir, und dann ließ ich sie in Ruhe, damit der eigentliche Damm brechen konnte.

Sie würde darüber hinwegkommen. Sie hatte Ansel.

Und ehrlich gesagt war Bruce ein schrecklicher Ehemann gewesen. Und ein schrecklicher Mensch. Sicher, am Ende hatte er sich gefangen, aber ich war mir nicht sicher, ob das alles besser gemacht hatte. Er hatte immer noch leidende Frauen zurückgelassen.

Meine Füße führten mich zum Medium Rare, ohne dass mein Verstand bemerkte, wohin ich ging.

Aber es ergab einen Sinn. Es war der Ort, an dem für mich in Eastwind alles begonnen hatte.

Und es gab Kuchen. Verdammt guten Kuchen.

Ich schäme mich nicht zuzugeben, dass ich gelegentlich kein Problem damit habe, meine Gefühle zu essen, und ich hatte im Moment ziemlich viele davon.

Als Grim an der Tür stehen blieb, blieb auch ich stehen. „Was machst du?"

„*Draußen warten*", antwortete er.

„*Aber du riechst so gut. Und du siehst jetzt aus wie ein ganz anderes Tier.*"

„*Genau. Ich sehe aus wie ein wandelnder schwarzer Watte-bausch. Du hast mir nicht gesagt, dass ein Bad mein Fell so kraus machen würde."*

Ich verdrehte die Augen. *„Ich wusste nicht, wie dein Fell auf Magie reagieren würde. Du siehst super aus. Komm einfach mit rein."*

„Ich bezweifle, dass sie Hunde drinnen haben wollen."

„Der Laden wurde von einem Werwolf geführt. Außerdem liebt Tanner dich."

„Du hast versprochen, dass du das nicht noch einmal zur Sprache bringen würdest", knurrte er.

Ich stellte mich hinter ihn und schob ihn vorwärts in die geschäftige Menge der späten Mittagsgäste im Medium Rare.

Mein Verdacht war, dass Grim aufhören würde, sich zu zieren, sobald er einen Hauch von Steak roch. Ich hatte recht.

Grim ging voran zu einer leeren Nische und machte es sich gemütlich, kletterte auf den Sitz und setzte sich aufrecht an den Tisch. Okay ...

Ich hatte gehört, dass Bryant, einer der Kellner, die Leitung des Diners übernommen hatte, solange Tanner in Haft war. Ich hatte angenommen, dass dies bedeuten würde, dass es hier zu einer kleinen Katastrophe kommen würde, aber das schien nicht der Fall zu sein. Keiner der Gäste schien verärgert zu sein, und auf den meisten Tischen standen bereits Teller mit Essen. Angesichts der Tatsache, dass es hier kaum einen freien Platz gab, grenzte das an ein Wunder. Ich kannte Bryant noch nicht, aber ich wusste schon, dass er eine Gehaltserhöhung verdient hatte.

Und dann schwangen die Türen zur Küche auf, und mir stockte der Atem.

Es sah so aus, als hätte Bryant die Anerkennung nicht verdient.

Tanner Culpepper eilte mit vier Tellern, die er auf beiden Armen balancierte, aus der Küche.

Er musste direkt aus dem Gefängnis ins Medium Rare

gekommen sein oder so wenig Zeit zu Hause verbracht haben, dass er sich nicht einmal die Mühe gemacht hatte, sich zu rasieren.

Ugh, seine sandbraune Gesichtsbehaarung war unglaublich schön. Plötzlich stellte ich mir vor, wie ich mein Gesicht daran rieb und mich hineinschmiegte. Dann stellte ich mir vor, dass es eine Decke wäre und ich mich darauf herumwälzte und

—

Ich blickte über den Tisch hinweg zu Grim.

Ich brauchte eindeutig mehr Freunde, die keine Hunde waren.

„Nora!"

Obwohl ich ihn gerade schamlos angestarrt hatte, ließ mich seine Stimme zusammenzucken. „Tanner! Hey! Ich wusste nicht, dass du zurück bist."

„Lügner", brummte Grim.

„Ja", antwortete Tanner mit einem Seufzer und großen Augen, während er langsam nickte. „Bin letzte Nacht rausgekommen. Junge, bin ich froh, da raus zu sein! Ich habe Dinge gesehen, die mich in meinen Träumen verfolgen werden – oh! Hey, Grim!"

Tanner ging hinüber und kraulte Grims Lieblingsstelle hinter seinem Ohr, bevor der Hund etwas dagegen tun konnte.

„Oh Gott, nicht in der Öffentlichkeit", winselte Grim, während seine Pfote immer wieder auf das Kunstleder der Sitzbank schlug.

Tanner machte weiter. „Wer ist ein guter Junge?"

„Ich! Ich bin ein guter Junge!"

Mit einem Stups auf Grims Nase zog Tanner sich zurück, und während mein Vertrauter benommen schwankte, bestellte ich für jeden von uns ein Steak und Eier.

Nur wenige Minuten später brachte Tanner das Essen, und während Grim sich schamlos auf sein Essen stürzte, bedeutete

Tanner mir, rüberzurutschen, was ich, ohne zu zögern, tat. Er setzte sich neben mich, legte seinen Arm über die Rückenlehne der Nische und sah mich an. „Was jetzt, Nora?"

Ich zuckte mit den Schultern. „Ich werde ein Steak mit Eiern genießen."

„Und dann was? Wirst du versuchen, nach … Entschuldigung, wo kommst du nochmal her?"

„Texas."

Er lachte. „Seltsamer Name, aber okay. Wirst du versuchen, nach Texas zurückzukehren?"

Ich studierte sein Gesicht. „Nein. Zumindest nicht sofort. Irgendwie gefällt es mir hier."

„Es *ist* ein schöner Ort."

„Ehrlich gesagt sind es die Leute, die ich mag", sagte ich.

Er warf mir ein verschmitztes, schiefes Lächeln zu. „Ich könnte jemanden wie dich hier wirklich gebrauchen."

Jetzt nicht ohnmächtig werden! Nicht ohnmächtig werden!

„Ach ja?", fragte ich. „Wozu würdest du mich gebrauchen?"

Ich meine, wenn wir diese Grenze überschreiten, warum dann nicht mit Schmackes und schnell?

Aber er dachte *nicht* an dasselbe wie ich.

„Hast du Erfahrung als Kellnerin?"

Ich wollte ihm nicht direkt ins Gesicht lachen, aber ich hatte ein paar lange Tage hinter mir. Ich gewann meine Fassung zurück, bevor ich antwortete: „Ja, ich habe ein wenig Erfahrung als Kellnerin. Bieten Sie mir einen Job an, Mr. Culpepper?"

„Na ja", sagte er, lehnte sich von mir weg und bemühte sich um einen ernsten Gesichtsausdruck, der ungefähr so natürlich aussah, wie wenn Grim eine Hose tragen würde, „das wäre natürlich auf Probe. Wenn du dem Druck, in Eastwinds bestem Restaurant zu arbeiten, nicht standhalten kannst, muss ich dich entlassen."

„Ich werde versuchen, Sie nicht zu enttäuschen, *Sir*", sagte ich spöttisch.

„Gut. Dann sehen wir uns morgen früh, um mit dem Training anzufangen." Er rutschte halb aus der Nische, hielt dann inne und drehte sich wieder zu mir um. „Oh, und noch was."

„Ja?"

„Danke, dass du mir die Haut gerettet hast." Er beugte sich vor und ehe ich mich versah, war der Kuss schon vorbei. Ich verzichtete darauf, die Stelle an meiner Wange zu berühren, an der seine Lippen gelandet waren. „Ich schulde dir was", sagte er leise, als sein Gesicht nur Zentimeter von meinem entfernt war. „Ich meine es so."

Er eilte davon, als ein anderer Gast ihn herüberwinkte.

„Was? Was schuldet er mir?"

„Ich denke, es ist ziemlich klar, was er gemeint hat", sagte Grim. *„Und lass mich eines sagen: wenn er das, woran du denkst, auch nur halb so gut macht, wie mich hinter meinem Ohr zu kratzen, wirst du diesen Schuldschein sofort einfordern wollen."*

„Oh Fänge und Klauen, Grim! Ugh! Bitte zieh nie wieder einen solchen Vergleich."

„Wie du willst." Er deutete mit seiner großen, flauschigen Pfote auf meinen Teller. *„Hast du vor, das zu essen? Weil es hier einen guten Jungen gibt, der dir gern dabei helfen würde."*

„Denk nicht einmal daran. Und hör auf zu sabbern."

„Ich kann nicht anders. Denn falls du es noch nicht bemerkt hast: Ich bin ein Hund."

„Ja, ja. Du erinnerst mich immer wieder daran. Klingt ehrlich gesagt nach einer faulen Ausrede."

Ich schloss die Augen, genoss den ersten einfachen, aber exquisiten Bissen eines mit Eigelb überzogenen Steaks und ließ alles auf mich wirken.

Wie das Schicksal es wollte, war ich gestorben und in Eastwind aufgewacht.

Und wenn meine unzähligen Bekannten in Texas unweigerlich über meinen Tod tratschten und die leeren Worte „Jetzt ist sie an einem besseren Ort" aufsagten, wusste ich in meinem Herzen, dass diese Leute tatsächlich recht hatten.

Ende von Buch 1

Bücher von Nova Nelson

Lust auf mehr Eastwind-Hexen? Hier anmelden!

https://www.eastwindwitches.com/deutsch

Eine Anmerkung von Nova

Es ist etwas über ein Jahr her, seit ich dieses Buch geschrieben habe, und beim wilden Wolpertinger, was für ein Jahr das war!

Ich arbeite derzeit an Buch 10 dieser Serie, und ich muss Ihnen sagen: Ich hatte KEINE Ahnung, wie aufregend Noras Geschichte werden würde, als ich angefangen habe, *Hinübergehen, leicht gemacht* zu schreiben. Absolut keine. So gerne ich auch prahlen würde: „Oh, ich hatte das alles von Anfang an geplant …" Nein. Ich war vollkommen ahnungslos.

Ich fing gerade erst an, Nora und Grim und Ruby und die anderen kennenzulernen, so wie Sie jetzt. Was mir nicht bewusst war, war, dass sie mich auch kennengelernt haben … und dabei gelernt haben, meine Finger so zu manipulieren, dass sie ihren Wünschen (insbesondere denen von Grim) gehorchen.

Das nächste Buch der Reihe, *Bei Wölfen und Eulen …*, gibt Nora ein bisschen mehr Zeit, sich in ihrer neuen Welt einzuleben, und dann geht es in Buch 3, *Wenn der Tod dreimal klopft*, so richtig los. Die Geschichte nimmt Schwung auf, und das ist in etwa die Zeit, in der die Leser anfangen, mich anzumeckern, weil ich sie zu Eastwind-Süchtigen gemacht habe. Keine Sorge, ich bin auch süchtig. Und solange ich noch einen einzigen Leser übrighabe, werde ich weiter über Eastwind schreiben, weil es – Fänge und Klauen! – Spaß macht.

Ich hoffe, Sie bleiben dabei.

-Nova Nelson, 06. Februar 2019

Über die Autorin

Nova Nelson ist mit einem literarischen Speiseplan aus Agatha-Christie-Romanen aufgewachsen. Sie liebt die intellektuellen Reize dieser Romane und schreibt paranormale Geschichten, seit sie das Schreiben gelernt hat. Diese beiden Lieben treffen in ihrer Eastwind-Hexen-Reihe aufeinander, und es ist an der Zeit, dass sie das selbst zugibt.

Wenn sie nicht gerade mit dem Schreiben beschäftigt ist, genießt sie lange Spaziergänge mit ihren eigensinnigen Hunden und isst Frühstück zum Abendessen.

Sagen Sie Hallo:
nova@novanelson.com